U0107252

"一带一路"沿线国家经典诗歌文库

（第一辑）

主编　赵振江

副主编　蒋朗朗　宁琦　张陵

阿拉伯古代诗选

天方花儿——阿拉伯古代情诗选

仲跻昆　编译

作家出版社

译者仲跻昆

仲跻昆

一九三八年出生。

一九六一年毕业于北京大学东语系，一九七八年至一九八〇年于开罗大学文学院进修。

北京大学外国语学院阿拉伯语言文学系教授、博士生导师，阿拉伯文学研究会名誉会长，资深翻译家，中国作协会员，阿拉伯作协名誉会员。

著有专著《阿拉伯现代文学史》《阿拉伯文学通史》《阿拉伯文学通史》《天方探幽》等。

二〇〇六年、二〇一三年获第四、五届中国高校人文社会科学研究优秀成果奖一、二等奖。

译有《阿拉伯古代诗选》《一千零一夜》《纪伯伦散文诗选》等。

二〇〇五年获埃及高教部表彰奖，二〇一一年获阿联酋谢赫·扎耶德图书奖之第五届年度文化人物奖（二〇一〇至二〇一一年度）、沙特阿卜杜拉国王国际翻译奖之荣誉奖、北京大学卡布斯苏丹阿拉伯研究讲席项目学术贡献奖、中阿（拉伯）友协的中阿友谊贡献奖，二〇一五年获北京大学东方学创新发展基金奖励评审委员会颁发之北京大学东方学学术研究贡献奖，二〇一八年获翻译文化终身成就奖。

目　录

伊斯兰时期包括伊斯兰初兴时期与伍麦叶王朝

阿拔斯王朝时期

近古中衰时期

马立克·本·穆拉哈勒

总　序

二○一三年秋，习近平主席先后提出建设"丝绸之路经济带"和"二十一世纪海上丝绸之路"（简称"一带一路"）的倡议。"一带一路"一经提出，便在国外引起强烈反响，受到沿线绝大多数国家的热烈欢迎。如今，它已经成了我们在政治、经济和文化生活中最具活力的词汇。"一带一路"早已不是单纯的地理和经贸概念，而是沿线各国人民继往开来、求同存异、构建人类命运共同体的幸福路、光明路。正如一首题为《路的呼唤》[1]的歌中所唱的：

> ……
> 有一条路在呼唤
> 带着心穿越万水千山
> 千丝万缕一脉相传
> 注定了你我相见的今天
> 这一条路在呼唤
> 每颗心都是远洋的船
> 梦早已把船舱装满
> 爱是我们共同的家园
> ……

习主席关于构建人类"政治互信、经济融合、文化包容的利益共同体、命运共同体和责任共同体"的主张是人心所向，众望所归。联合国将"构

1　《路的呼唤》：中央电视台特别节目《一带一路》主题曲，梁芒作词，孟文豪谱曲，韩磊演唱。

建人类命运共同体"写入大会决议，来自一百三十多个国家的约一千五百名贵宾出席二〇一七年五月十四日在北京举行的"一带一路"国际合作高峰论坛，就是最有力的证明。

在国与国之间，政治互信、经济融合、文化包容的基础在民心，而民心相通的前提是相互了解和信任。正是出于这样的理念，我们决定编选、翻译和出版这套"'一带一路'沿线国家经典诗歌文库"，因为诗歌是"言志"和"抒情"最直接、最生动、最具活力的文学形式，诗歌最能反映大众心理、时代气息和社会风貌。"'一带一路'沿线国家经典诗歌文库"是加强沿线各国人民之间相互了解和信任的桥梁。

"'一带一路'沿线国家经典诗歌文库"的创意最初是由作家出版社前总编辑张陵和中国诗歌学会会长骆英在北京大学诗歌研究院院会提出的。他们的创意立即得到了谢冕院长和该院研究员们的一致赞同。但令人遗憾的是，在本校的研究员中只有在下一人是外语系（西班牙语）出身，因此，他们就不约而同地把这套书的主编安在了我的头上。殊不知在传统的"一带一路"沿线国家中，没有一个是讲西班牙语的。可人家说："一带一路"是开放的，当年"海上丝绸之路"到了菲律宾，大帆船贸易不就是通过马尼拉到了墨西哥吗？再说，巴西、智利、阿根廷三国的总统不是都来参加"一带一路"国际合作高峰论坛了吗？怎么能说"一带一路"和西班牙语国家没关系呢？我无言以对。

古丝绸之路是指张骞（前一六四年至前一一四年）出使西域时开辟的东起长安，经中亚、西亚诸国，西到罗马的通商之路。二〇一三年九月七日，习近平主席在哈萨克斯坦纳扎尔巴耶夫大学演讲时，提出共建"丝绸之路经济带"的主张，赋予了这条通衢古道以全新的含义，使欧亚各国的经济联系更加紧密、相互合作更加深入、发展空间更加广阔，从而造福沿途各国人民。至于古老的"海上丝绸之路"，自秦汉时期开通以来，一直是沟通东西方经济和文化交流的重要渠道，尤其是东南亚地区，自古就是"海上丝绸之路"的重要枢纽。习主席建设"二十一世纪海上丝绸之路"的构想使其在新的历史起点上，有了更加重要而又深远的意义。

"一带一路"沿线国家主要包括西亚十八国（伊朗、伊拉克、格鲁吉亚、亚美尼亚、阿塞拜疆、土耳其、叙利亚、约旦、以色列、巴勒斯坦、沙特阿拉伯、巴林、卡塔尔、也门、阿曼、阿拉伯联合酋长国、科威特、黎巴嫩），中亚六国（哈萨克斯坦、土库曼斯坦、吉尔吉斯斯坦、乌兹别克斯坦、塔吉克斯坦、阿富汗），南亚八国（尼泊尔、不丹、印度、巴基斯坦、孟加拉国、斯里兰卡、马尔代夫、阿富汗），东南亚十一国（印度尼西亚、马来西亚、菲律宾、新加坡、泰国、文莱、越南、老挝、缅甸、柬埔寨、东帝汶），中东欧十六国（阿尔巴尼亚、波斯尼亚和黑塞哥维那、保加利亚、克罗地亚、捷克、爱沙尼亚、匈牙利、拉脱维亚、立陶宛、马其顿、黑山、罗马尼亚、波兰、塞尔维亚、斯洛伐克、斯洛文尼亚）。独联体四国（俄罗斯、白俄罗斯、乌克兰、摩尔多瓦），再加上蒙古和埃及等。

从上述名单中不难看出，"一带一路"沿线国家多为文明古国，在历史上创造了形态不同、风格各异的灿烂文化，是人类文明宝库重要的组成部分。诗歌是文学的桂冠，是文学之魂。文明古国大都有其丰厚的诗歌资源，尤其是经典诗歌，凝聚着国家和民族的精神和理想。各国之间的文化交流与经贸往来，既相互交融又相互促进，可以深化区域合作，实现共同发展，使优秀文化共享成为相关国家互利共赢的有力支撑，从而为实现习主席构建人类命运共同体的伟大目标打下坚实的文化基础。

"一带一路"沿线国家多是发展中国家。长期以来，我们一直比较重视对欧美发达国家诗歌的译介，在"经济一体、文化多元"的今天，正好利用这难得的契机，将这些"被边缘化"国家的传统文化和民族精神纳入"一带一路"的建设，充分发掘它们深厚的文化底蕴，让它们的古老文明在当代世界发挥积极作用，使"文库"成为具有亲和力和感召力的文化桥梁。

"一带一路"沿线国家又多是中小国家。它们的语言多是非通用的"小语种"，我国在这方面的人才储备相对稀缺，学科建设相对薄弱；长期以来，对这些国家的文学作品缺乏系统性的译介和研究。从这个意义上说，"文库"的出版具有填补空白的性质，不仅能使我们了解这些国家的诗歌，也使相关的学科建设和学术研究有了新的生长点。

"'一带一路'沿线国家经典诗歌文库"的现实意义和深远影响已经很清楚了，但同样清楚的是其编选和翻译的难度。其难点有三：一是规模庞大，每个国家一卷，也要六十多卷，有的国家，如俄罗斯、印度，还不止一卷；二是情况不明，对其中某些国家的诗歌不是一无所知也是知之甚少，国内几乎从未译介过，如尼泊尔、文莱、斯里兰卡等国；三是语言繁多，有些只能借助英语或其他通用语言。然而困难再多，编委会也不能降低标准：一是尽可能从原文直接翻译，二是力争完整地呈现一个国家或地区整体的诗歌面貌。

总之，"文库"的规模是宏大的，任务是艰巨的，标准是严格的。如何完成？有信心吗？答案是肯定的。信心从何而来呢？我们有译者队伍和编辑力量做保证。

"'一带一路'沿线国家经典诗歌文库"的编译出版由北京大学外国语学院和中国作家出版社联袂承担，可谓珠联璧合，阵容强大。

北京大学外国语学院是国内外国语言文学界人才荟萃之地，文学翻译和研究的传统源远流长。北大外院的前身可以追溯到京师同文馆（一八六二年）和京师大学堂（一八九八年）。一九一九年北京大学废门改系，在十三个系中，外国文学系有三个，即英国文学系、法国文学系、德国文学系。一九二〇年，俄国文学系成立。一九二四年，北京大学又设东方文学系（其实只有日文专业）。新中国成立后，东语系发展迅速，教师和学生人数都有大幅度增长。一九四九年六月，南京东方语言专科学校和中央大学边政学系的教师并入东语系。到一九五二年京津高校院系调整前，东语系已有十二个招生语种、五十名教师、大约五百名在校学生，成为北大最大的系。

一九五二年院系调整时，重新组建西方语言文学系、俄罗斯语言文学系和东方语言文学系。其中西方语言文学系包括英、德、法三个语种，共有教师九十五人，分别来自北大、清华、燕大、辅仁、师大等高校（一九六〇年又增设西班牙语专业）；俄罗斯语言文学系共有教师二十二人，分别来自北大、清华、燕大等高校；东方语言文学系则将原有的西藏语、维吾尔语、西南少数民族语文调整到中央民族学院，保留蒙、朝、日、越、暹罗、印尼、缅甸、印地、阿拉伯等语言，共有教师四十二人。

北京大学外国语学院于一九九九年六月由英语系、西语系、俄语系和东语系组建而成，下设十五个系所，包括英语、俄语、法语、德语、西班牙语、葡萄牙语、日语、阿拉伯语、蒙古语、朝鲜语、越南语、泰国语、缅甸语、印尼语、菲律宾语、印地语、梵巴语、乌尔都语、波斯语、希伯来语等二十个招生语种。除招生语种外，学院还拥有近四十种用于教学和研究的语言资源，如意大利语、马来语、孟加拉语、土耳其语、豪萨语、斯瓦西里语、伊博语、阿姆哈拉语、乌克兰语、亚美尼亚语、格鲁吉亚语、阿塞拜疆语等现代语言，拉丁语、阿卡德语、阿拉米语、古冰岛语、古叙利亚语、圣经希伯来语、中古波斯语（巴列维语）、苏美尔语、赫梯语、吐火罗语、于阗语、古俄语等古代语言，藏语、蒙语、满语等少数民族及跨境语言。学院设有一个一级学科博士点、十个二级学科博士点和一个博士后流动站，为北京市唯一外国语言文学重点一级学科。学院师资力量雄厚：全院共有教师二百一十二名，其中教授六十名、副教授八十九名、助理教授十六名、讲师四十七名，拥有博士学位的教师一百六十三人，占教师总数的百分之七十七。

从以上的介绍不难看出，北京大学外国语学院的语言教学和科研涵盖了"一带一路"的大部分国家，拥有一批卓有成就的资深翻译家和崭露头角的青年才俊，能胜任"文库"的大部分翻译工作。至于一些北大没有的"小语种"国家，如某些中东欧国家，我们邀请了高兴（罗马尼亚语）、陈九瑛（保加利亚语）、林洪亮（波兰语）、冯植生（匈牙利语）、郑恩波（阿尔巴尼亚语）等多名社科院外文所和兄弟院校的专家承担了相应的翻译工作，在此谨对他们表示诚挚的敬意和衷心的感谢。

有好的翻译，还要有好的编辑。承担"'一带一路'沿线国家经典诗歌文库"编辑出版任务的作家出版社是国家级大型文学出版社，建社六十多年来出版了大量高品质的文学作品，积累了宝贵的资源和丰富的经验。尤其要指出的是，社领导对"文库"高度重视，总编辑黄宾堂、前总编辑张陵、资深编审张懿翎自始至终亲自参与了所有关于"文库"的工作会议，和北大诗歌研究院、北大外国语学院的领导一起，精心策划，全力以赴，保证了"文库"顺利面世。

最后还要说明的是，"'一带一路'沿线国家经典诗歌文库"得到了北大校领导的大力支持。"文库"第一批图书的出版恰逢北京大学建校一百二十周年（一八九八年至二〇一八年），编委会提出将这套图书作为对校庆的献礼。校领导欣然接受了编委会的建议，并在各方面给了大力支持，校党委宣传部部长蒋朗朗同志从始至终参与了"文库"的策划和领导工作。至于北京大学外国语学院的领导更是责无旁贷地承担了全部翻译工作的设计、组织和落实。没有他们无私忘我、认真负责的担当，完成这样艰巨的任务是不可能的。

"'一带一路'沿线国家经典诗歌文库"第一批诗作即将出版，这只是第一步，更艰巨的工作还在后头；更何况随着时间的推移，"一带一路"的外延会进一步扩展，"文库"的工作量和难度也会越来越大。但无论如何，有了这样的积累，我们完全有理由相信，"'一带一路'沿线国家经典诗歌文库"会越来越好。为了实现这样的目标，我们期待着领导、业内同仁和广大读者的批评指教。

赵振江

二〇一七年秋于北京大学蓝旗营寓所

前　言

　　"饮食男女，人之大欲"，古今中外，概莫能外。情诗之所以受到人们特别是青年男女广为喜爱，是理所当然的事，不足为怪。国人性格虽多趋内向、含蓄、腼腆，但逢到男女情事，或怀有情思，也往往会情不自禁，吟情诗，唱情歌。西北地区的回民就以"花儿"闻名于世。其实"花儿"就是情歌，就是唱出来的情诗。"花儿"一词，我认为原本是阿拉伯语"hawā"一词的音译，原本就是男女之间"情爱"的意思。在我国，"天方"即指阿拉伯，尤其是指古代的阿拉伯，这虽不见得是尽人皆知，但至少在知识界是毋庸赘述的事。这大概与那部妇孺皆知的《天方夜谭》流传有关。故而，"天方花儿"即可解读为"阿拉伯古代情诗"。

　　阿拉伯文学一般可以一七九八年拿破仑入侵埃及为界，分古代与现代两大部分。古代部分又大致可分为四个时期：一、贾希利叶时期（公元四七五年至六二二年，亦称蒙昧时期），系指伊斯兰教创立前的一百五十年左右期间；二、伊斯兰时期（公元六二二年至七五〇年），包括穆罕默德和四大哈里发在位的伊斯兰初创时期（公元六二二年至六六一年）和伍麦叶王朝（亦译"倭马亚王朝"）时期（公元六六一年至七五〇年）；三、阿拔斯王朝时期（公元七五〇年至一二五八年）；四、近古中衰时期（公元一二五八年至一七九八年）。

　　阿拉伯民族向以善吟诗歌著称。诗歌始终是阿拉伯文学的骄子：佳作珠联，美不胜收；诗人辈出，灿若星汉。故有"诗歌是阿拉伯人的档案、文献"之说。

　　情诗是阿拉伯诗歌主要题旨之一。早在贾希利叶时期，情诗就通常成为长诗——"盖绥达"的起兴部分，称"纳西布"。当时著名的《悬诗》诗人乌姆鲁勒·盖斯当是阿拉伯情诗的鼻祖。其《悬诗》开篇："朋友们，请站住，陪我哭，同纪念；/忆情人，吊旧居，沙丘中，废墟前。"在阿拉

1

伯世界几乎是家喻户晓，妇孺皆知，其文学地位与流传程度可与我国《诗经》的开篇："关关雎鸠，／在河之洲。／窈窕淑女，／君子好逑"相媲美。阿拉伯情诗又可分"艳情诗"与"贞情诗"（纯情诗）。乌姆鲁勒·盖斯是"艳情诗"的开山祖师。诗中写到诗人的种种风流韵事、偷情艳遇。而另一位著名的《悬诗》诗人安塔拉则是开创阿拉伯"贞情诗"（纯情诗）的先驱。这位黑奴出身文武双全的骑士诗人对其堂妹阿卜莱忠贞不渝的情爱诗篇，以及附会与他的民间故事《安塔拉传奇》在阿拉伯地区家喻户晓，流传程度甚至胜过《一千零一夜》。

伊斯兰教初创时期，诗坛曾一度显得有些沉寂。但至伍麦叶王朝（六六一年至七五〇年），诗坛又恢复了喧腾、繁荣的局面。在贾希利叶时期只是长诗（盖绥达）的一个组成部分的情诗，在这一时期往往独立成篇。其内容又可分为"艳情诗"和"贞情诗"。"艳情诗"主要盛行于希贾兹（汉志）地区的麦加、麦地那等城市。伍麦叶王朝将政治中心北移至大马士革后，哈里发为巩固自己的地位，就用金钱、财物、歌女……笼络留在麦加、麦地那政治失势的圣裔贵族，使其整日沉湎于声色犬马中。他们寻花问柳，并将偷情艳遇写成诗歌，供歌女演唱，是为"艳情诗"。代表诗人是欧麦尔·本·艾比·赖比阿。与"艳情诗"相对的是"贞情诗"，即"纯情诗"，多产生并流行于希贾兹地区游牧民中。当时一些青年男女真诚相爱，但由于传统习俗，他们遭到家长和社会反对，不能结合，酿成悲剧，有的人为此失去理智，甚至殉情。"贞情诗"就是这些人歌咏自己纯真的柏拉图式的情爱、苦恋、相思的诗篇。著名的"贞情诗"诗人有哲米勒、盖斯·本·穆劳瓦哈、盖斯·本·宰利哈等。其中盖斯·本·穆劳瓦哈又以"马季农·莱伊拉"（意为莱伊拉的情痴）著称。他自幼爱上堂妹、美女莱伊拉，并向叔父求亲，遭到拒绝。盖斯苦恋不舍，最后因情而痴，在荒漠中四处游荡，与野兽为伍，不停地吟诗，呼唤着情人的名字，向人们诉说自己的痛苦与悲伤，最后因痴情而死，葬于沙漠。其爱情悲剧颇似我国的"梁山伯与祝英台"、欧洲的"罗密欧与朱丽叶"，被后世衍化成传奇故事、长篇叙事诗、诗剧等，广为流传。而这一时期盖斯·本·宰利哈与鲁布娜的故事以及贾希利叶时期阿卜杜拉·本·阿志岚的爱情悲剧，往往会让我们联想起我国古代《孔雀东南飞》的故事。他们都是在被迫与情侣离异后仍苦恋、相思不舍。

阿拔斯王朝时期又可以公元九四五年（是年波斯的布韦希人入主巴格

达，阿拔斯王朝哈里发统治名存实亡）为界，分前（七五〇年至九四五年）后（九四五年至一二五八年）两个时期。

阿拔斯王朝前期，阿拉伯大帝国横跨亚、非、欧三大洲，空前鼎盛。由于波斯、印度、希腊－罗马等多元文化的影响，加之统治者在文化上采取"兼收并蓄、择优而用"的政策，宗教方面亦有较宽松的氛围，故而这一时期诗坛分外繁荣、活跃，是阿拉伯诗歌的黄金时代。一些具有异族（特别是波斯）血统的诗人从一开始就在诗歌内容、形式上进行创新，被称为"维新派"。其先驱是盲诗人白沙尔·本·布尔德。他善于用新颖的比喻、别致的修辞写情诗与讽刺诗。"维新派"最杰出的代表是艾布·努瓦斯和艾布·阿塔希叶。艾布·努瓦斯才华横溢，玩世不恭，颇有些像我国的大诗人李白。他反对宗教禁欲思想，主张及时行乐。其最好的诗作是咏酒诗。艾布·阿塔希叶早期跻身宫廷，后出世禁欲苦行，写有大量劝世诗。他们都遗有不少情诗传世。这一时期的著名诗人还有穆斯林·本·瓦利德、艾布·泰马姆、阿里·本·杰赫姆、布赫图里、伊本·鲁米、伊本·穆阿塔兹、赛瑙伯雷等。他们也都或多或少地在文学史上留有情诗的篇章。不过情诗写得最好的当数阿巴斯·本·艾哈奈夫。其诗缠绵悱恻，与伍麦叶王朝的"贞情诗"一脉相承。还应提及的是公主诗人欧莱娅，她不顾封建礼教，打破门第观念，敢爱自己所爱，并无所顾忌地表达出这一情感。另一女诗人法杜露则出身奴婢，其情诗显得别有一番情趣，她与其情人、宫廷文书赛伊德·本·侯迈德相互以诗传情被传为诗坛佳话。

在阿拔斯王朝后期，诸侯割据，建立了形形色色的小王朝。文风日趋追求词句的华丽与雕琢。其间最著名的诗人是穆太奈比与麦阿里。他们虽也有情诗传世，但更侧重哲理。

这一时期最著名的情诗诗人是谢里夫·赖迪。其情诗颇具伍麦叶王朝"贞情诗"的遗风，显得贞洁、典雅。伊本·法里德是苏菲派的代表诗人，其情诗是一种象征主义的诗歌，而与世俗的情诗不同，诗中表达钟情、热爱、苦恋、相思的对象实际上是真主而并非世俗的人。

与此同时，在西部，在相对独立于阿拔斯王朝的后伍麦叶王朝（七五六年至一〇三一年）所在的安达卢西亚（即相当于现在的西班牙与葡萄牙地区），由于它得天独厚的自然条件和处于东西方枢纽的地理位置，又由于不同的民族、宗教及其文化的撞击、融会，阿拉伯诗歌在此异军突起，别树一帜。安达卢西亚的诗人长于描状秀丽多彩的自然景物，也善于写男欢女爱、火炽热烈的情诗。诗风倾向明快、晓畅、婉丽、轻柔。安达卢西亚最著名的诗人伊本·宰敦与穆阿台米德·本·阿巴德也是写情诗的高手。前者与公主诗人婉拉黛相恋，情诗中表达了诗人炽烈如火的苦恋、缠绵悱恻的情思、对命运坎坷多舛的哀怨，如泣如诉，感情强烈而细腻。后者是塞尔维亚国王，以写与女奴出身、才貌双全的情侣伊蒂玛德的情诗著称。安达卢西亚曾出现许多女诗人。除了如前所述伊本·宰敦钟情的公主婉拉黛外，还有几位才女也在诗坛享有盛名，如哈芙莎、乌姆·凯莱姆、哈姆黛·宾特·齐亚德等。值得称道的是她们在情场上往往显得勇敢、主动，大胆、率真、坦诚地表白自己所爱，对爱情忠诚、专一，不畏权势。

近古中衰时期可分为两个阶段：蒙古－马木鲁克时代（一二五八年至一五一七年）与奥斯曼土耳其时代（一五一七年至一七九八年）。阿拉伯世界处于异族统治之下，人们多在凄风苦雨中挣扎，难得有闲情逸致去舞文弄墨，文化水平与文学修养普遍下降。诗歌故而衰微也就不难理解了。很多诗人缺乏创新精神，只知一味地在形式上因袭、仿效古人。这一时期最著名的诗人是蒲绥里和沙布·翟里夫。蒲绥里最著名的作品是《斗篷颂》，我国译称《天方诗经》。沙布·翟里夫则是善作情诗的高手。其诗通俗、平易、流畅、风趣，为时人争相传诵。

如前所述，阿拉伯古代诗歌是世界罕有所匹的文学宝藏。在中世纪的世界，如同只有中华民族的文化可与阿拉伯－伊斯兰文化相媲美一样，也只有中国的诗歌可与阿拉伯诗歌相媲美：两个民族的文学都以诗歌为主体；诗歌又基本上是抒情诗，都讲究严谨的格律、韵脚。当年阿拉伯诗歌在阿拉伯文学史上的地位及其对周边国家、地区以及对西欧的影响，与唐诗宋词在中国文学史上的地位及其对周边国家、地区（如日本、朝鲜、越南等）的影响极为相似。这其中情诗又都占有相当大的比例。

中阿之间的交往可远溯至汉朝张骞"凿通"西域后。伊斯兰教兴起后，通过陆地的"丝绸之路"与海上的"香料之路"（亦称"海上丝绸之路"），中阿之间的友好交往频繁，经济往来和文化交流也很密切。这些都是有史可查，有据可考的。在我国五十六个民族中就有十个少数民族（回、维吾尔、哈萨克、东乡、保安、撒拉、塔吉克、塔塔尔、乌孜别克、柯尔克孜）信奉伊斯兰教，这无疑是我们与阿拉伯－伊斯兰文化自古就有很深渊源最好的证明。

如今，我国倡导的"一带一路"实际上就是现代新的丝路。阿拉伯世界从古至今都是其必经之地。其实，除了丝路，我们还应创建一条"诗路"，把我们同各国、各民族的诗坛连接起来。这项光荣的任务自然就落在我们这些从事外国语言、文学事业人的肩上。我既然是这些人中的一员，虽年近老朽，志大才疏，但仍感责无旁贷，义不容辞，故不揣冒昧，选译出近百位阿拉伯古代诗人近三百首情诗成此诗集。

我自一九五六年考入北大，一九六一年毕业留校任教，作为北大人，至今也有六十多年的校龄了。值此北大建校一百二十周年之际，这部拙译也算是我献予母校的一份薄礼吧。

当然，谬误之处在所难免，望读者慧眼阅后，不吝指教。谢谢！

仲跻昆

二〇一七年六月九日于马甸寓

贾希利叶时期

（公元四七五年至六二二年）

乌姆鲁勒·盖斯

（五○○年至五四○年）

原名俊杜志·本·胡杰尔，"乌姆鲁勒·盖斯"原为其号，意为"硬汉"，又被人称"浪荡王"。他生于阿拉伯半岛纳季德（内志）地区，祖籍也门，属铿德部族，出身于王族贵胄：其祖先由也门北迁后，于公元五世纪中叶成为强大的铿德部落联盟盟主；其祖父哈里斯曾一度被波斯王委任管辖希拉王国；其父胡杰尔曾统管阿萨德和艾图凡两部落。诗人自幼即露有诗才。但他恃才傲物，放荡不羁，常与一些纨绔子弟结伴游荡、行猎、调戏妇女、饮酒赋诗，沉湎于声色犬马中。后来，阿萨德部落谋反，杀死了诗人的父亲。据说，诗人当时正在聚众饮酒，闻讯后说："小时候他让我浪游，长大了却让我复仇。今日不醒，明日不醉。今日且饮酒，明日壮志酬！"遂从此戒酒，矢志报仇复国。为此，他曾多方奔走求助，皆不尽如人意。最后，据说他曾去君士坦丁堡向东罗马（拜占庭）国王查士丁尼求援，亦未能遂愿，归途中，死于安卡拉。亦有学者认为他并未到达君士坦丁堡，而是死于去途中。

其诗集于一八三七年首次整理出版，集有二十五首长诗和一些短诗；一九五八年新版本，收有长短诗达百首。但据学者考证，两诗集中都不免有委托的"赝品"。其诗歌创作可以其父被害为界，分前后两个时期。前期作品反映了诗人落拓不羁、风流倜傥的浪荡王子气质和纵情行乐的生活，内容多为恋情艳遇、描绘沙漠风物，颇具浪漫主义色彩；后期作品则主要抒发了诗人矢志复仇的心愿，表达了征途坎坷多艰的境况，格调显得悲壮、深沉。他被认为是阿拉伯古代诗坛魁首，情诗的鼻祖。

据说伊斯兰教先知穆罕默德曾说乌姆鲁勒·盖斯是"众诗人的旗手，也是率他们下地狱的领袖"。一方面肯定了诗人在诗坛的地位，另一方面则认为他的放荡形骸有悖于伊斯兰教义。又据说人们曾问及伊斯兰先知穆罕默德的女婿、第四任正统哈里发阿里，古代哪位诗人最好，他说："大家没有在一起赛过，否则胜者必是'浪荡王'（即乌姆鲁勒·盖斯）。"并说，他的诗"词句洒脱而最准确，立意新奇而最优美"。这是人们公认的定评。乌姆鲁勒·盖斯对后世诗人影响很大，其代表作——《悬诗》被认为是阿拉伯诗歌史上经典杰作之一。

此地曾追欢[1]

朋友们，请站住，陪我哭，同纪念：
　　忆情人，吊旧居，沙丘中，废墟前。

南风、北风吹来吹去如穿梭，
　　落沙却未能将她故居遗迹掩。

此地曾追欢，不堪回首忆当年，
　　如今遍地羚羊粪，粒粒好似胡椒丸。

仿佛又回到了她们临行那一天，
　　胶树下，我像啃苦瓜，其苦不堪言。

朋友勒马对我忙慰劝：
　　"打起精神，振作起！切莫太伤感！"

我明知人去地空徒伤悲，
　　但聊治心病，唯有这泪珠一串串。

1　此为其《悬诗》之起兴（纳西布）。

难得像达莱·朱勒朱勒欢聚那一天[1]

但愿有朝一日与群芳重聚首，
　　难得像达莱·朱勒朱勒欢聚那一天：

那天，我为姑娘们宰了自己骑的骆驼，
　　不必大惊小怪！我与行李自有人去分担。

姑娘们相互把烤肉抛来抛去，
　　喷香肥嫩，一块块好似绫罗绸缎。

那天，我钻进了欧奈扎的驼轿，
　　她半娇半嗔：该死的，你快要把我挤下轿鞍！

我们的驼轿已经偏到了一边。
　　她说：快下去吧！瞧骆驼背都快靡烂！

我对她说：放松缰绳，任它走吧！
　　别撵我！上树摘果，我岂能空手还？

1　节选于《悬诗》。

有一天，在沙丘后她翻了脸[1]

有一天，在沙丘后她翻了脸，
　　　指天发誓，要同我一刀两断。

法蒂玛！别这样装腔作势吧！
　　　果真分手，咱们也要好说好散！

是不是我爱你爱得要命，一心听你驱唤，
　　　使得你这样得意忘形，傲气冲天！

我的品德果真有何让你不满，
　　　把我从你心中彻底消除岂不坦然？

又何必眼中抛落泪珠串串，
　　　似利箭，把一颗破碎的心射得稀烂！

1　节选于《悬诗》。

闺房深处藏鸟蛋[1]

足不出户，闺房深处藏鸟蛋，
　　待我慢慢欣赏慢慢玩。

昴宿星座像珠宝玉带，
　　闪闪烁烁，挂在天边。

我躲过重重守卫，去把她探——
　　人若见我偷情，会让我一命归天。

我到时，她已脱衣要睡，
　　帐帘后只穿着一件衬衫。

她说：老天呀！真拿你没法儿，
　　你这么胡闹，到什么时候才算完！

我携着她的手溜出闺房，
　　她用绣袍扫掉足迹，怕人发现。

穿过部落营区前的空场，
　　我们来到了一块平地，在沙丘间。

我扯着她的秀发，她倒在我怀里，
　　酥胸紧贴，两腿丰满；

1　节选于《悬诗》。

肌肤白皙，腰身纤细，
　　光洁的胸口像明镜一般；

白里透黄，像一颗完整的鸵鸟蛋，
　　吸取的营养是难得的甘泉。

她推开我，却露出俏丽的瓜子脸，
　　还有那一双羚羊般妩媚的眼；

玉颈抬起，不戴项饰，
　　似羚羊的脖颈，不长也不短；

乌黑的秀发，长长地披在肩，
　　缕缕青丝似枣椰吐穗一串串；

条条发辫头上盘，
　　有的直，有的弯。

纤腰柔软如缰绳，
　　小腿光洁似嫩树干。

麝香满床，朝霞满天，
　　美人贪睡，独享清闲。

纤纤十指，又柔又软，
　　好似嫩枝，又如青蚕。

夜晚，她的容光可以划破黑暗，
　　好似修士举起明灯一盏。

情窦初开，亭亭玉立，

这样的淑女，谁人能不爱恋？

说什么男子都是朝三暮四，

我心中爱你，却直至海枯石烂。

也许有人责难，有人相劝，

但要我忘却你，却绝对无法照办！

穆纳海勒·叶什库里
（生年不详，卒于五九七年）

　　贾希利叶时期诗人，属贝克尔部落人。以英俊、潇洒、风流倜傥著称。惯于偷香窃玉。他是希拉王国国王伊本·杏德（生年不详，卒于五七八年）的清客。他爱恋伊本·杏德妹妹公主杏德·宾特·蒙齐尔，又与王后有染。传说中他与努尔曼·本·蒙齐尔（五八〇年至六〇二年）的妻子穆苔杰丽黛的爱情也很著名。其诗传世很少。这首诗可能是为杏德·宾特·蒙齐尔所吟。

闺 秀

如果你责备我，说我不好，
　　那你可以走遍天涯海角。

不必打听我有多少金银财宝，
　　且看看我的品德有多么崇高。

马背上一个个骑士，
　　好似烈火在燃烧。

他们头戴银盔，
　　威武雄壮逞英豪。

他们披甲上阵，
　　气宇轩昂斗志高。

骑士好似雄鹰，
　　骑着骏马奔跑。

他们所向无敌，
　　敌人闻风而逃。

我喜欢的就是这样的英雄，
　　那些馨香四溢的美女也令我倾倒。

如果狂风怒号，
　　掀动着帐篷的四角。

在那天灾的日子，你会发现，

　　　　我仗义疏财，大手大脚。

我走进姑娘的闺房，

　　　　在那蒙蒙的阴雨天。

她身穿绫罗绸缎，

　　　　那样俊美，那样丰满。

我拉拉扯扯，她忸忸怩怩，

　　　　像一对鸽子走向小河边。

我吻着她，她浑身颤栗，

　　　　像一只小羚羊，吁吁气喘。

她贴近我说：“穆纳海勒，

　　　　你为什么浑身好似火炭？”

“走吧！什么也别问了！

　　　　还不是对你的爱情将我摧残！”

我爱她，她也爱我，

　　　　连我的公驼也将她的母驼爱恋。

啊，狂欢豪饮的一天，

　　　　对穆纳海勒显得何其短！

我开怀豪饮美酒，

　　　　用大群的骏马抵酒钱。

我开怀豪饮美酒，

　　卖掉奴隶、俘虏也情愿。

我开怀豪饮那美酒啊，

　　不惜万金，用大杯小盏！

如果我醉如烂泥，

　　就似国王，住在宫殿。

如果我酒后醒来，

　　就会发现仍在牛羊骆驼中间。

啊，杏德，美丽的公主哟！

　　请你将这爱情的俘虏垂怜！

纳比埃·祖卜雅尼

（五三五年至六〇四年）

　　贾希利叶时期著名诗人，亦有人将其列为（十篇）《悬诗》诗人之一。出身祖卜延部落名门贵族。是希拉王国与迦萨尼王国的宫廷诗人。其诗清奇典雅，富于想象，善用比喻，语言有较高的艺术性。据说他的诗才在当时颇受推崇，人们在著名的"欧卡兹集市"曾为他专设帐篷，求其为仲裁，评判诗人们作品的优劣。

她出现在帐帘之间[1]

她出现在帐帘之间，
　　好像初升的太阳。

又像雪花石膏雕成的女神，
　　供在玻璃砖砌的台上。

更像晶莹璀璨的珍珠，
　　采珠人一见就顶礼膜拜，欣喜若狂。

1　据说这些诗句是诗人描述希拉国王努尔曼·本·蒙齐尔（五八〇年至六〇
　二年）之妻穆苔杰丽黛的，并因此而得罪国王。

安塔拉

（五二五年至六一五年）

　　生于阿拉伯半岛纳季德（内志）地区阿布斯部落。安塔拉一词原有"勇士"的意思。其父舍达德是阿布斯部落的首领、显贵。其母则是部落战争中被掳掠来的埃塞俄比亚裔黑女奴。按照阿拉伯贾希利叶时期的规矩，女奴与主子生的孩子，还是他父亲的奴隶，除非建功立业、出类拔萃，父亲才会承认其父子关系，而让他归宗于自己的门庭。所以诗人自幼长年伴随身为黑奴的母亲，做其父的奴隶，为其牧驼放马。后因他在阿布斯与祖卜延两部落间的"赛马之争"中骁勇善战，常拯救本部落于危难中，而最终得到了父亲的承认。

　　安塔拉青少年时代就爱上了堂妹阿卜莱，并对这一爱情忠贞不渝。但他的叔父马立克却拒绝了安塔拉的求亲，不肯将女儿嫁给他，理由当然因为他是个黑奴。为获得心仪的情人——堂妹阿卜莱纯真的爱情而不顾一切地追求，使安塔拉在部落战争中不畏艰险，横枪跃马，叱咤风云，威震天下。对爱情的追求成了他驰骋疆场、建功立业的动力。据传，安塔拉长寿，生前一直参与部落战争。有关他死亡的原因，其说不一：一说他晚年在一次对塔伊族伯尼·奈卜汉部落的袭击中，被人放箭射杀。一说有人欠他一匹幼驼，他前去追讨，途中遇热风突袭而死。

安塔拉被认为是阿拉伯古代文武双全完美的英雄骑士。据说，伊斯兰教的先知穆罕默德在听到别人吟诵安塔拉的诗句"若非取得合义之食，我就宁肯枵腹忍饥"之后，曾说："从没有一个游牧人像安塔拉那样，人家对我一描述，我就很想见他。"

安塔拉有诗集传世，一八六四年、一八九八年分别印行于贝鲁特与开罗的应是最早的版本，集约有一千五百个"拜特"诗。其诗题旨多为矜夸、恋情，往往融抒情与叙事于一体。其最著名的诗歌当然是他的《悬诗》。附会于他的民间故事《安塔拉传奇》在阿拉伯世界广为流传。

让我驻足倾吐我的情怀……[1]

诗人可留下什么地方没有咏吟？
　　情人的旧居你可还能辨认？

杰瓦谷地里阿卜莱[2]的家，你早！
　　告诉我，她的家里人可都好？

我将高大似宫殿的骆驼停下来，
　　以便让我驻足倾吐我的情怀。

当年就在这条谷地，这片沙漠，
　　阿卜莱和我们的亲人都曾住过。

如今阿卜莱早已远去不见，
　　问候你的只有荒芜的废墟一片。

她现在落脚在敌人的虎狼之地，
　　姑娘，要寻求你实在是艰难不易。

我爱她，一见钟情，难以说清，
　　同她的家人，我拼命，为了寻梦。

我爱你，敬你，情深无比，
　　你在我心中的地位毋庸置疑。

1　此为《悬诗》之起兴（纳西布）。
2　阿卜莱：是诗人叔父马立克的女儿，也是诗人热恋的情人。

可春色虽明媚，你在东，我在西，
　　我们相隔万里，叫我如何去看你？

我知道，你一旦要远走他乡，
　　群驼在黑夜里都会被带上鼻缰。

她家的骆驼要找新的草场，
　　这怎么能不让我感到心慌？

那驼群中有四十二匹是奶驼，
　　全身黑亮，就像乌鸦的翅膀。

就在那时，她用那朱唇玉齿，
　　让你吮饮那甘美的玉液琼浆。

从她口中透过门齿沁向你的气息，
　　好像发自一个香料商浓郁的麝香。

又好像出自一片尚未放牧的草场，
　　春雨过后，万紫千红，馥郁芬芳。

寄语鸟儿

柳树上的鸟儿，你引起我的悲伤，
　　让我烦恼，使我更加如痴如狂。

如果我在痛苦地悼念一个伙伴，
　　那远去使我伤心的人也会让人凄怆。

让我更加放声大哭一场吧！
　　你会看到夺眶的泪水不断地流淌。

站下来，瞧着我，不必太匆忙！
　　当心，别让我火的气息把你烧伤。

飞吧！也许你会看到一队人马，
　　行进在希贾兹的阿里季或努耳曼原野上。

人群中有一位姑娘泪如雨下，
　　她在思念邻人和遥远的家乡。

我的鸽子，我的小鸟！我为你祝福，
　　你若见到那驼轿，请为我报丧：

就说他已痛哭而死去，
　　流尽的不是泪水，而是鲜血一腔。

我真想亲吻那些宝剑[1]

姑娘，如果你在我面前扯下面纱，
　　就会看到我多么骁勇善战而顽强。

姑娘，何不据你所知，将我赞扬：
　　人若待我好，我待人也宽宏大量；

谁若欺负我，我也不会将他轻饶，
　　让他尝尽苦头，那似苦瓜的味道。

我爱千金买醉，兴来开怀饮酒，
　　不怕骄阳似火，自有杯盏在手。

右手握的是黄色带花纹的酒瓶，
　　塞着滤布的白酒壶则在左手中。

醉时，我挥金如土，舍得花钱，
　　为的是保持尊严，不伤体面。

醒来，我也从不忘疏财仗义，
　　我的高风亮节，你应当熟悉。

我也许会让美女的丈夫喋血沙场，
　　让他的鲜血从创口中汩汩地流淌。

1　节选自《悬诗》。

我是手疾眼快，挺身猛一枪，
　　只见鲜血喷洒，如红花开放。

若对我不够了解，马立克的千金！
　　你何不去问问战马和乡亲。

敌人成群结队，轮番来战，
　　他们时而挺枪，时而放箭。

我久经沙场的战马遍体鳞伤，
　　我却仍旧人不离鞍，骑在马上。

战斗中，我最勇敢，奋不顾身，
　　胜利时，又最不屑猎取战利品。

敌人的刀枪印着我的血迹斑斑，
　　我却仍旧将您深深思念。

我真想亲吻那些宝剑，
　　它们多像你张开笑口，珠齿闪闪……

痴 情

沉香枝头上一只鸟儿的鸣声，
　　在黑夜里让我的心春情激动。

它就像我一样，外表看不出，
　　内心里却隐藏着哀伤和痴情。

啊，该死的爱情，多少情种，
　　倒在你的剑下而非沉睡墓中。

大艾阿沙
（五三〇年至六二九年）

　　生于曼夫哈（靠近今利雅得），属贝克尔部落。他生活放荡不羁，整日沉湎于声色犬马中。他能诗善唱，有"阿拉伯人响板"之称。其诗劲健新奇，技巧娴熟，挥洒自如，一反前人的质朴、粗犷的风格，而显得华丽、夸张，近似后期阿拔斯王朝的文风。这可能与他受希拉王国、波斯文化的影响有关。其诗集于一九二八年首次在莱顿出版。亦有人将他列为(十篇)《悬诗》诗人之一。

我们都为自己钟情的人痴迷……[1]

去向胡莱拉告别吧！驼队即将登程。
　　啊，男子汉呀！离别岂不让你心疼？

皮肤白皙，长发飘飘，还有贝齿芳容，
　　行姿婀娜，好似赤脚走在泥泞中。

她从女邻居家走出，行云般地从容，
　　既不慢慢腾腾，也不急急匆匆。

你可以听到她佩戴的饰物，
　　如风吹树叶窸窣有声。

她从不会让别人感到讨厌，
　　对邻居的秘密也从不打听。

若不是要强而勉为其难，
　　她简直懒得到邻居家走动。

只要她与同伴玩一会儿，
　　后臀就会颤动，身心放松。

纤细的腰身，丰满的酥胸，
　　走起路来不禁袅袅婷婷。

1　此诗被认为是《悬诗》的起兴（纳西布）。

阴云密布的清晨，与人同床，
　　云雨一度，共享多好的美梦。

丰腴的后臀，柔嫩的粉臂，
　　姿态娉婷，总是碎步而行。

她周身会散发麝香般的气息，
　　又带素馨花油氤氲的香风。

她像雨后山坡下的一片牧场，
　　青草葳蕤如茵，郁郁葱葱。

她如鲜嫩无比盛开的花朵，
　　笑迎骄阳，随其转动。

日间，她无比的馨香四溢，
　　黄昏，更有秀丽绝伦的倩影。

我不禁爱上了她，她却另有所爱，
　　而她暗恋的人却对别人钟情。

有个姑娘倾心于那人而不可得，
　　那姑娘的堂兄却为她死于痴情。

有一个小姑娘爱上我，却不合适，
　　爱情啊！爱情总是这样无缘成功。

我们都为自己钟情的人痴迷——
　　无论远亲，近邻，都会惶惑，发疯……

有谁会像我这样对你痴情?! ¹

胡莱拉不肯与我言谈、交往,
　　但有谁会像我这样对你痴情?!

难道她就忍心让一个惨遭不幸
　　患上了夜盲症的人为她发疯?

当我前去看望胡莱拉时,她说:
　　好汉!我让你倒霉,你也让我不幸。

你若看到我们有时幸福、美满,
　　可有时也会难过,并不轻松。

家主也许会对我防范、提醒,
　　可我有时会趁他疏忽而偷情。

我也有时会趁青春随心所欲,
　　也许会伴随情郎花心萌动。

1　节选自《悬诗》。

她若让一个死人靠在胸前……

她若让一个死人靠在胸前，

　　他会活转，不肯让人运进墓园。

以至人们见到此情此景会说：

　　噢！死而复生，真是世上罕见！

阿慕鲁·本·库勒苏姆
（生年不详，卒于五八四年）

　　著名的《悬诗》诗人。生于幼发拉底河畔台额里卜部族贵族世家：父亲是部族的头面人物，母亲莱伊拉也出身于台额里卜部族的名门望族，是著名骑士诗人穆海勒希勒（生年不详，卒年约五三一年）的女儿，也就是那个引起"白苏斯之争"的台额里卜部族头人库莱卜的侄女。阿慕鲁·本·库勒苏姆自幼就清高好胜，能诗善骑，十五岁就成为部族首领。台额里卜部族与贝克尔部族之间的"白苏斯之争"持续长达四十年之久。阿慕鲁·本·库勒苏姆曾代表台额里卜部族舌战代表贝克尔部族的诗人哈雷斯·本·希里宰，争讼于希拉国王伊本·杏德（生年不详，卒年约五七八年）前。后来，伊本·杏德因唆使其母后企图当众羞辱诗人的母亲，而被诗人手刃。阿慕鲁·本·库勒苏姆长寿，许多史料称他死时享年约一百五十岁。

停一下，坐驼轿的女人！ [1]

分别前，停一下，坐驼轿的女人！
　　我们要告诉你我们的遭遇，你也要告诉我们。

停一下！我问你：是匆匆一别导致疏远，
　　还是你另有新欢，背叛了忠心于你的人？

告诉你：那一场大战打得昏天黑地，
　　你的亲人大获全胜，个个好不开心。

今天、明天和后天，岁月无常，
　　你也不知等待你的是什么命运。

一旦避开仇敌暗中监视的眼睛，
　　你与她幽会，那里空无一人。

她像一匹颈长、雪白、从未怀过孕的小母骆驼，
　　会让你看那她两只丰腴、白皙的双臂，亮丽撩人。

她会让你看那乳房——象牙般的洁白、柔润，
　　从未让人碰过——多么清纯！

她会让你看到她柔嫩的脊背、苗条的身材，
　　还有那沉甸甸的肥硕的后臀。

1　节选自《悬诗》起兴（纳西布）部分。

让你看那屁股大得连门都不好进，

　　还有看那腰窝，真令我为之销魂。

看她那象牙或是雪花石雕成般的双腿，

　　走起来，脚镯会发出悦耳动听的声音……

哈雷斯・本・希里宰
（生年不详，卒于五七〇年）

　　著名的《悬诗》诗人。生于伊拉克，为贝克尔部落显贵、贤哲，为人足智多谋，沉稳老练。贝克尔与台额里卜两部落因有"白苏斯之争"而失和。经调解，这场长达四十年的战争方结束。不久，两部族又重起争端，并争讼于希拉国王伊本・杏德前。诗人在原对本方不利的情况下，面对强手——台额里卜部落诗人阿慕鲁・本・库勒苏姆，隔着重重帷幕（因其患麻风病），慷慨陈词，致使希拉国王改变初衷，作出对贝克尔部落有利的判决。这就是诗人著名的《哈雷斯的悬诗》。

　　据说哈雷斯・本・希里宰活到一百岁，但其诗作如同有关他的生平信息，传世不多。除其《悬诗》外，只有零星诗行或篇什。

旧地不见故人影[1]

艾斯玛告知我们，她将远走他乡，
　　久居也许让人厌烦，她却并非这样。

我们曾相识在布尔卡·舍玛，
　　海勒萨是她营区最近的地方。

处处都印有我们的足迹，
　　处处都留下了她的余香。

此后她人去地空无处觅，
　　留下我孤身一人空怅惘。

今日旧地不见故人影，
　　痴情明知无益哭断肠……

1　此为《悬诗》起兴（纳西布）。

塔拉法

（五四三年至五六九年）

著名的《悬诗》诗人。原名阿慕尔·本·阿卜德，塔拉法原为其别号，原意"柽柳"，源于诗人的一句诗。生于巴林地区贝克尔部落一个富贵之家，出身于诗书门第。他幼年丧父，但他聪颖早熟，七岁即会作诗。他放荡不羁，常沉湎于酒色，挥霍无度，因而为族人所不容。曾两度离乡漂泊，最后投靠到希拉王国国王阿慕鲁·本·杏德门下，成为其清客。但他恃才傲物、桀骜不驯，曾作诗讽刺国王及其兄弟，遂使国王怀恨，设计假他人之手将其害死于巴林。诗人死时年仅二十六岁。

塔拉法有一本小诗集传世，内容包括恋情、矜夸、讽刺、描状、玩乐等。其诗热情、奔放、流畅、感人。诗集中最著名的作品当然是诗人的《悬诗》。

多像一只羚羊……[1]

郝莱故居的废墟在赛姆海德的沙土地，
　　好像刺在手背上留下的黥墨闪烁。

旅伴勒住坐骑对我说：
　　"且莫过于悲伤，要振作！"

离别那天早晨，马利克人的驼轿，
　　好似一艘艘船只，充满欢乐。

好像阿杜里族或是伊本·亚敏的大船，
　　水手驾着，一会儿朝前，一会儿又偏右偏左；

那船像猜埋物游戏的手分土——
　　船头把一道道波浪划拨。

在营区，可爱的人儿戴着珍珠、蓝晶的项链，
　　多像一只羚羊——那玉颈、芳唇、秋波！

一只丢下子女的母羊同伙伴在树丛中，
　　身上披着绿叶，嘴里啃着野果。

绽开黑红的双唇莞尔一笑，
　　好似透过湿润的砂土盛开的菊花一朵。

1　此诗被认为是《悬诗》起兴（纳西布）。

那是阳光滋润的结果，

　　只是齿龈因涂着皓矾而被逃过。

一张笑脸多么清纯、亮丽，

　　好像是太阳为它着上了春色。

有她在，我就可以随心所欲，

　　骑着我那匹来去轻捷、活泼的母驼……

莱比德

（五六〇年至六六一年）

　　著名的《悬诗》诗人。别号艾卜·欧盖勒，是典型的贝杜因诗人，生于阿米尔部落一个显贵、骑士之家。莱比德是一位跨代诗人，即生平跨着两个时代——贾希利叶时期与伊斯兰时期。约于公元六二九年，他曾作为自己部族的代表团成员，觐见过伊斯兰教的先知穆罕默德，皈依了伊斯兰教，是一位虔诚的穆斯林，被认为是圣门弟子。他曾到麦地那住过一段时期，后来在欧默尔任哈里发时期移居于库法，在那里度过了余生，逝世于伍麦叶王朝首任哈里发穆阿威叶执政的初年。他苦读、背诵《古兰经》，并潜心钻研之。在阿拉伯典籍有关他品行、道德的记述中，显示出他是一位理智、沉稳、庄重的人，他深思远虑，对人生和现实有睿智、深邃、明确而成熟的看法。莱比德长寿，但晚年同两个女儿在库法，生活似乎也颇拮据。

　　莱比德有诗集传世，一八八〇年首次印行于维也纳。其风格质朴、粗犷，缺乏风雅，又惯用生词僻典，故而使人读起来不够流畅。

深情欲断又何其难！[1]

那一天，营区迁徙，妇女进了驼轿，
　　又把轿帘掩上，这一幕真令人怀念！

那驼轿是用一根根木棍做支架，
　　轿顶和四周则围着遮荫的布帘。

驼轿上的美女多像一只只羚羊
　　扭头用美丽的眼睛将子女顾盼。

驼轿被驱赶向前，在蜃景中一个个显得
　　好似比莎谷地拐弯处的树木和磐石一般。

你在想念努娃尔些什么呀？
　　她已远去，联系也已中断。

这位穆莱的美女有时在费德有时在希贾兹，
　　你们相距那么遥远，你如何能到她的身边？

她有时在两山之东，有时在穆哈杰尔山，
　　有时在一座山中，有时又在山间的平川。

若去也门，赛瓦伊格的雷哈夫·盖赫尔，
　　或者是提勒哈姆，都可能是她的落脚点。

1　节选自《悬诗》起兴（纳西布）部分。

要追寻她谈何易，何不就此罢休？

可情深似海，深情欲断又何其难！

谁若真心爱你，你对人家也要诚心实意，

她若是对你三心二意，你亦可一刀两断。

阿卜杜拉·本·阿志岚

（生年不详，卒于五六六年）

　　阿拉伯贾希利叶时期杰出的骑士诗人，生于阿拉伯半岛納季德（内志）地区，納赫德部落人。出身于名门显贵。其父是部落最富有的人。诗人在一次出外寻找丢失的牲畜时，偶遇本部落的美女杏德，一见钟情。他向杏德的父亲求亲获准，娶了杏德。婚后两人恩爱、幸福无比。但经八年，杏德一直没有生育。阿卜杜拉的父亲让他休弃杏德另娶，他不肯。后其父又提出可保留杏德在家，再娶一妻，以便生子继承家业与宗嗣。阿卜杜拉被迫答应，但杏德却不肯与他人共侍一夫。阿卜杜拉爱恋杏德至深，不肯违拗她的意愿。其父设计，乘阿卜杜拉酒醉，让他出来，在众多族人指斥下，竟答应休妻。杏德得知后，回到娘家。其父将她嫁与一个阿米尔部落的男人。

　　納赫德部落与阿米尔部落惯常不和，两部落间战争频仍。納赫德部落曾大败阿米尔部落。阿米尔部落密谋向納赫德部落复仇。杏德暗中告知了納赫德部落，使他们有所准备，故而再次战胜阿米尔部落。

　　阿卜杜拉休妻后，痛悔不已，思恋难禁，竟病倒在床。他带着重病之躯，不顾两部落之间的长年仇隙，只身来到阿米尔部落营区，走近杏德的帐篷。两人远远相见，阿卜杜拉跳下所骑的骆驼，直奔杏德跑去，她也迎面向他跑来。两人拥抱在一起，痛哭失声，竟倒地而亡。另有一说是：阿卜杜拉对杏德的思恋难禁，要去阿米尔部落营区去见她。其父阻止他，警告他两部落的仇隙、战争不断，见他仍不顾一切，执意要去，就希望他在禁月（按规约，其间各部落休战，严禁动武）在欧卡兹集市或在禁寺朝觐时见她。届时，阿卜杜拉只见到了杏德的丈夫，而未见到她。归来后，相思益甚，竟卧床不起，因情而亡。

秋波似箭[1]

我原本强大，向来英勇无敌，
　　如果我想要，可以触摸星际。

但秋波似箭，支支射进我的心里，
　　我实在无能为力，不能予以还击。

1　这首诗是阿卜杜拉初次见到杏德时所作。

那大家闺秀总让我相思[1]

那大家闺秀总让我相思，
　　想起她来我就欢愉无比。

她是那样美丽，就像新月在天际，
　　又像一座雕像，不过是金子铸的。

1　这首诗是阿卜杜拉在父亲逼他休妻时所作。

离开她，我后悔莫及[1]

我乖乖地离开了杏德，
　　离开她，我后悔莫及。

眼中的泪水潸然而下，
　　好似珍珠，一滴一滴……

大家闺秀，雍容大雅，
　　品德贤惠，无可挑剔。

同她谈话是那样有趣，
　　与她拥抱，让我欢愉。

1　这首诗是阿卜杜拉休妻后所作。

伊斯兰时期

（六二二年至七五○年／伊历元年至一三二年）

包括伊斯兰初兴时期

（六二二年至六六一年／伊历元年至四○年）

与伍麦叶王朝

（六六一年至七五○年／伊历四○年至一三二年）

盖斯·本·宰利哈
（生年不详，卒于六八七年）

　　著名的贞情诗诗人。居于麦地那地区。他与鲁布娜相爱，但父母不允，诗人求其乳兄、哈里发阿里之子侯赛因说项，才得以完婚。但婚后无子，双亲不满，迫使诗人休弃了鲁布娜。诗人虽遵命，但心中异常痛苦；鲁布娜虽另适他人，诗人仍日夜痛悔、相思，如痴如迷。侯赛因见状，劝说鲁布娜新夫让步，使鲁布娜重新回到了盖斯身边。诗人有遗诗传世。其诗反映了他对鲁布娜爱恋、相思的真挚情感。埃及近代著名诗人阿齐兹·阿巴扎（一八八九年至一九七三年）曾以此为题材著有诗剧《盖斯与鲁布娜》。

我时时都想入睡

我时时都想入睡，
　　但愿梦中能相会；

睡梦让我见到你，
　　梦幻成真该多美！

我要向真主诉说

我要向真主诉说
　　我的遭遇，我的苦恋；

那火一样的情感
　　喷吐出声声长叹；

诉说对爱情的痛苦
　　深藏在我的心间；

还有辗转反侧失眠，
　　惆怅难度长夜漫漫。

胸中情思如火烧

胸中情思如火烧，
　　使心不知如何好。

日日夜夜岁月逝，
　　爱却益增不曾少。

鲁布娜正是盖斯的病根

盖斯由于爱鲁布娜而重病在身，
　　鲁布娜正是盖斯的病根。

一旦姑娘们来将我探询，
　　我的眼睛会说："我没见到想见的人。"

但愿鲁布娜能来看看我的病，
　　可我断定她不会在探视者中。

盖斯啊，你是多么不幸，
　　爱她爱得心碎，爱得发疯！

盖斯·本·穆劳瓦哈

（生年不详，卒于六八八年）

以马季农·莱伊拉（意为莱伊拉的情痴）著称。著名的贞情诗诗人。生活于纳季德（内志）地区，阿米尔部落人。他自幼爱上堂妹、美女莱伊拉，并向叔父求亲，遭到拒绝。盖斯苦恋不舍，最后因情而痴，在荒漠中四处游荡，与野兽为伍，不停地吟诗，呼唤着情人的名字，向人们诉说自己的痛苦与悲伤，最后因痴情而死，葬于沙漠。其爱情悲剧被后世衍化成传奇故事，广为流传。波斯诗人内扎米、贾米，突厥语诗人纳瓦依、富祖里等都以此为题材写有长篇叙事诗。埃及诗人绍基、萨拉哈·沙布尔亦以此为题材写有诗剧。其诗感情真挚、细腻，倾吐恋情缠绵悱恻、凄切感人。

爱情的大军向我进攻

我对朋友们说：她是太阳，
　　阳光虽近，本身却难企及。

风从她身上吹来一阵馨香，
　　吹进我心中，使我感觉欢愉。

我忍受不住，昏倒在地，
　　一声不响，不言不语。

我赤条条，只剩皮包骨头，
　　皮、骨也将消失——长此下去。

天哪！我弃绝尘世，离群索居，
　　难道你就不欠我一片情意？

答应我，请给我一个诺言，
　　许诺也许会驱散心中的忧郁。

人们也许会有种种考验、磨难，
　　但没有谁会有像我这样的遭际。

爱情的大军从四面八方向我进攻，
　　它们轮番袭来，周而复始。

真比死还难过

对莱伊拉的爱呀！
　　你使我受尽折磨。

你要么让我死，
　　要么让我活。

身虽各自东西，
　　心却难分难舍。

照这样活下去，
　　真比死还难过。

她

酒一样的津液，酒一样美，
　　酒一样的肤色，晶莹生辉。

她一身集有酒的三大优点，
　　岂能不让我一人醉而复醉。

痴 迷

我离开你，人家说：他不懂爱情，
　　我去看你，人家说：他没有耐性。

你说的对：我是如痴如迷如醉，
　　爱恋的痛苦或是魔法使我发疯。

你活着，生活就变得如此可爱，
　　你死了，我羡慕死人睡在墓中。

分给她我的余生

我的寿命若能掌握在我手中，
  她死时我会分给她我的余生。

虽不能同时生，但求同时死，
  使她不知我死，我不知她终。

一旦听人提起莱伊拉

一旦听人提起莱伊拉，
　　我的心像被鸟儿抓到空中一般；

地上的路像个戒指环，
　　显得不再长，也不再宽。

心

啊，心！你使一个青年对莱伊拉痴迷，
　　——护身符还戴在他的身际。

醒来吧！别的恋人都早已清醒，
　　如今，已没有一个医生会将你治愈。

当真吗？灾难临头，地老天荒，
　　都不会让你把莱伊拉忘记？！

对莱伊拉的爱

多想同莱伊拉长相戏、相随！
　　这颗心企望欢乐，企望着美。

长相思让我这两眼总不干，
　　泪水流过了，又流新的泪水。

我长时间总是攥着我的心，
　　对莱伊拉的爱已使它变碎。

思恋让这颗心炽烈无比

点火的人啊！寒冬的风雨，
　　将那火吹旺，又将它浇熄；

过来，就用我的心取暖吧！
　　因思恋让这颗心炽烈无比。

她的魔力无边

人们说："他得的是不治之症。"
　　可我自己知道何处有药能治这病。

难道我去看莱伊拉，她就该挨打？
　　难道她见到我，也算一桩罪行？

她的魔力无边，只是魔力亦有咒解，
　　要我摆脱她的魔力却万万不能。

连与她芳名相同的名字我都爱，
　　即使近似的名字也会让我怦然心动。

当我经过莱伊拉的家门……

当我经过莱伊拉的家门，
　　就将那些墙壁一一亲吻。

不是营房令我喜爱倾心，
　　我所爱的是那住房的人。

我心里明白我的病根在哪里

我担心我会突然间死去，

　　而心中仍怀着对你的情思。

每逢我在哪天遇见你，

　　都会忘记向你倾诉我的心曲。

人们都说：他得了不治之症，

　　我心里明白我的病根在哪里。

都不长大该有多好!

我爱上莱伊拉的时候,
　　她还是黄毛丫头年幼小,

在同年龄的小伙伴中,
　　她的乳房也还未显得高。

那时我们两个小小年纪,
　　同在一起放牧着羊羔,

若是至今我们与羔羊
　　都不长大,该有多好!

哲米勒

（生年不详，卒于七〇一年）

著名的贞情诗诗人。生于希贾兹地区麦地那以北瓦迪－古拉谷地，欧兹赖部落人。诗人少年时代即与布赛娜相爱，但布赛娜家长因其情诗有损女儿名声而拒绝了其求婚要求，并将她许配他人。诗人苦恋不舍，历尽坎坷，最后病死于埃及。其诗歌及有关的轶闻多散见于阿拉伯古典文集中。其诗多为情诗，描述诗人对布赛娜的追求、苦恋和忠贞不渝的爱情。感情强烈、真挚感人，诗句典雅、流畅。

岁月染白我的头发

岁月染白我的头发，
　　是因为与她分离；

我常翘首远望，
　　盼她归来重聚在一起。

忆往昔，在里瓦谷地 [1]，
　　那时日子多么甜蜜。

从那往后，她一离去，
　　就再也没有幸福可提。

人们问我说：
　　"你何苦如此憔悴，折磨自己？

"你本不必受风吹日晒，
　　又享有荣华富贵。"

我回答他们说：
　　"你们不必将我责备，

"你们可曾看见身居异乡的囚徒，
　　他们与我何其相似！"

1　里瓦谷地是诗人与布赛娜初恋的地方。据说两人最初在这里因放牧时发生口角而相识，继而坠入爱河。

布赛娜……

布赛娜！你我的亲人，
　　已分道扬镳，各奔东西，

他们有的留下，
　　有的却启程远去。

我若是个懦夫，
　　早将美德换成卑鄙，

但我有我的荣誉，
　　是条硬汉，坚强不屈。

一旦战事揭开隐秘，
　　而你仍保持友谊，

布赛娜！你会发现战火
　　好似从未在我们之间燃起。

我对布赛娜并无邪念

我对布赛娜并无邪念，
　　搬弄是非的人见到也会不再胡言。

她说：不，不成！让我失望，
　　我都会满意，心甘情愿。

只要她能垂青，瞟我一眼，
　　即使一年不见，我也心甘。

你就是我心爱的人

无非说我是你的情人，
　　他们还会如何搬弄是非？

不错！你就是我心爱的人，
　　尽管你并非尽善尽美。

爱情使我受尽了折磨

爱情使我受尽了折磨，
　　布赛娜，求你怜悯我！

布赛娜！亲友怨我对你太痴情，
　　莫责备吧！爱入我心创伤痛。

人们说：情有所移会将我治愈，
　　布赛娜！真主在上，能医好我的唯有你。

心中的爱情好似熊熊的火焰

心中的爱情好似熊熊的火焰，
　　　不是死也是濒临死的边缘。

布赛娜！每逢想起你，
　　　我总是肝肠寸断；

总是不禁仰天长叹，
　　　泪水潸然流淌不断。

没有一个姑娘的话语会让我开心，
　　　唯有你的话才是妙语趣谈！

别杀死我吧，布赛娜！

她若是能让我的头脑属于我自己，
　　我会不再追求，将她忘记。

但对她的思恋如此强烈，
　　怎么也不肯从我头脑消失。

我的朋友，在我之前，
　　你们可曾见过有谁被人杀死，

但由于对凶手的爱恋，
　　竟对她放声哭泣？

别杀死我吧，布赛娜！
　　我并没有什么过失，

使你可以有理由，
　　让我受尽折磨，将我杀死。

你占有了一颗忠贞的心

布赛娜！你占有了一颗忠贞的心，
　　求你可怜他，对他体贴、温存。

也曾有别的美女对我垂青，
　　半吞半吐，流露她的爱情。

我婉言相告："布赛娜已占满了这颗心，
　　使我无法再考虑别人。

"她若在我胸中留下丝毫余地，
　　我一定会接受你的情意。"

布赛娜！我的心早已落在你的网中，
　　但我的罗网却未捕获你的爱情。

你使我对爱情一心憧憬，
　　却又迟迟不肯吐露衷情。

你看到我的痴情却故意忸怩作态，
　　这种忸怩使我感到你分外可爱。

你怕长舌妇说三道四，离我而去，
　　我对她们却嗤之以鼻，绝不离开你。

她们竭力想让我们一刀两断，
　　我是绝对不会照办。

她们说:"你对她是想入非非,

    你又何苦心机枉费?"

她们是想取你而代之,

    但一片深情岂能抹去?

她们本想挑拨离间,

    但只能败兴而归,满面羞惭。

她们对我恼恨得咬牙切齿,

    但即使咬碎岩石又有何益。

她们责备你将我的心独占,

    但这颗心却只能完整地向你奉献!

布赛娜，你们远去天边……

布赛娜，你们远去天边，令我想念，
　　我哭号，引得鸽子都为我哭声连天。

据说，腿麻了，呼唤情人可以治愈，
　　我腿麻木时，声声都是将你呼唤。

你们走后，相距虽远却旧情难忘，
　　当年朝夕相处，我们从未感到厌烦。

恶语中伤，只能使我对你更加爱恋，
　　禁止、阻拦，只会令我对你益发思念。

我真怕自己会猝然死去，
　　带走了心中对你的情思无限。

如果有一天……

如果有一天布赛娜派人来要我的右手,
　　尽管右手对于我来说珍贵无比,

我也会给她,使她称心如意,
　　然后说:"还有什么要求,你再提!"

永恒的爱情

被造之前，我们的灵魂就紧紧相联，
　　此后，我们成了胎儿，又在摇篮。

爱情伴随我们成长而增长，
　　一旦我们死了，它也会连绵不断。

无论如何，它将永存下去，
　　在坟墓的暗中，也会将我们探看。

哪天不与你相见……

哪天不与你相见，
　　那天天长长无边；

只要与你在一起，
　　一年过得何其短。

人说月亮远在天，
　　圆缺与你有何干？

我会反问他们说：
　　那它会与谁有关？

布赛娜，为你的情人哭泣吧！[1]

报丧者用最清楚、明确的语言，
　　宣告哲米勒已在埃及长眠。

也许我的亡魂会在古拉谷地高视阔步，
　　——在枣椰林中，在田野间。

布赛娜，为你的情人放声哭泣吧！
　　世上没有谁像他那样对你爱恋。

1　据说，诗人在埃及临死前，曾托人将这首诗带回故乡吟咏，让布赛娜知其
　　情人已死。

布赛娜

（生卒年代不详）

哲米勒终生钟情、苦恋的情人。

哲米勒，你一旦逝去……

今生今世，一时一刻，
　　我未忘，也永不会忘记哲米勒。

哲米勒，你一旦逝去，
　　生活就只剩下痛苦，不再有欢乐。

陶白·本·侯迈伊尔
（生年不详，卒于七〇四年）

　　贞情诗诗人，阿米尔部落的勇士。他热恋本部族美女、诗人莱伊拉·艾赫叶丽娅，为她吟咏大量情诗，表达衷情，并向其父求亲。其父未准，还把女儿另适他人。诗人苦恋不舍，仍不断吟诗表白爱情，直至在一次征战中阵亡。莱伊拉闻讯不忘旧情，为他写有大量悼亡诗。两诗人爱情佳话及其诗作散见于阿拉伯古籍中。其诗感情真挚感人。

人们说……

人们说：她的远离
　　　对你并无妨碍。
我说：不！任何伤心事
　　　都会将心灵损害。

如同一个人总哭，
　　辗转难寐，常常不快，
这一切对眼睛
　　岂能没有伤害？

即使我长眠地下……

即使我长眠地下，身盖黄土，
　　如果莱伊拉向我致意、招呼，

我也会在墓中亲切地向她呼喊，
　　高兴得喜形于色，眉飞色舞。

认识了莱伊拉，我被人羡慕，
　　纵然一无所获，我还是心满意足。

你们也许能禁止我会见莱伊拉……

你们也许能禁止我会见莱伊拉，
　　　听不到她的衷肠、心声，
但却无法阻止我为她哭泣，
　　　为她把诗歌吟诵。

你们也许能阻止住
　　　她的话语传入我的耳中，
但却如何能阻挡住
　　　她的倩影翩然入梦。

怪你自己

走过一站又一站，
　　　你离情人越来越远，
你一路一直在哭，
　　　泪水涟涟不断。

你并非那么多情，
　　　是自己将自己哄骗，
全怪你自己不好，
　　　何必将离别抱怨？

你为什么不住下来，
　　　哪怕是在炭火上熬煎？
只要守在情人身旁，
　　　哪怕辗转在剑刃上面！

莱伊拉·艾赫叶丽娅
（生年不详，卒年约七〇四年后）

著名的女贞情诗诗人，阿米尔部落的美女，能言善辩，博闻强记。同部族的诗人陶白爱上了她，写有大量情诗表达衷情，并向其父求亲，遭到拒绝。她被另适他人。陶白多次参加征战，后阵亡。莱伊拉闻讯悲痛欲绝，为其写下大量悼亡诗。诗中赞颂了陶白的种种美德、功绩。其情真挚感人，具有女人温柔、细腻的情调。

只要鸽子还在枝头叫[1]

只要鸽子还在枝头叫，
　　只要鸟儿还在天上飞，
我发誓：我就要
　　为你哭泣，伤心垂泪。

一切青春都会变得衰老，
　　新的一切也会腐朽成灰；
每个人总有一天，
　　会向真主回归。

1　此诗为陶白战死后，莱伊拉为其所作的悼亡诗。

悼陶白

我发誓，自陶白死后，
　　我不再为战死的英雄而哭。

青年如果生时无可非议，
　　那么，死对他也绝非耻辱。

一切新的或年轻的都会消亡，
　　每个人总有一天会回归真主。

瓦达侯·也门

（生年不详，卒于七〇八年）

　　原名阿卜杜·拉赫曼·本·易司马仪。原为也门希木叶尔族人。早年丧父，继父为波斯人。"瓦达侯·也门"为其绰号，意为"也门的美男子"。他以善写情意缠绵的情诗著称。他与情人——也门少女劳黛的爱情故事曾广为流传。据说他在麦加朝觐时，见到当时哈里发瓦利德之妻乌姆·白妮，写诗调情，激怒了瓦利德，下令将其活埋。

啊，劳黛！

啊，劳黛！你早起的邻居，
　　早已神魂颠倒，失去了耐性。

她说：啊！你可别进我们家门，
　　我父亲好凶，特别注意门风。

我说：我会寻求机会，
　　且有利剑握在手中。

她说：宫殿阻挡着我们……
　　我说：我会爬过屋顶。

她说：大海把我们分开……
　　我说：我很擅长游泳。

她说：我四周有七个兄弟……
　　我说：我一向战无不胜。

她说：有一头母狮监视我们……
　　我说：我是雄狮，比她还凶。

她说：真主在我们头上……
　　我说：我主仁慈、宽宏。

她说：你说得我理屈词穷，
　　那就来吧！在半夜三更。

像甘露降落在我身上，
　　夜里无人禁止，也无斥责声声。

雄狮岂能被吓破胆？！

对一个热恋的青年
　　你们究竟要怎么办？
对她相思、失眠
　　早已使他憔悴不堪。

他们总是威胁我，
　　要我害怕、服软，
但这谈何容易，
　　雄狮岂能被吓破胆？！

欧麦尔·本·艾比·赖比阿

（六四四年至七一一年）

　　著名的艳情诗诗人。生于麦加古莱氏族一华贵之家。诗人风流倜傥，常与贵妇名媛、歌女优伶交往；又常在朝觐路上与女客调情，并把自己的偷情艳遇写成诗歌，供歌女广为传唱。有诗集传世，多为情诗。诗集于一八九三年首次分别印行于莱比锡与开罗。他使艳情诗自成一体。特点是具有故事情节，有对话调情，描写细腻，语言流畅。后人公认他是阿拉伯情诗宗师。

从家乡，我给你写信

从家乡，我给你写信，

　　如痴如迷，思绪万千。

孑然一身，郁闷难抑，

　　皆化为泪水涟涟。

胸中思念的火焰，

　　使我彻夜难眠。

我一手攥着心，

　　一手擦拭着泪眼。

啊，请对这颗心垂怜[1]

啊，请对这颗心垂怜！
　　一片痴情，充满爱恋，

梦呓般念着美女的芳名，
　　她的明眸总把秋波闪。

她走路是那样婀娜多姿，
　　既从容又傲慢，

像柔嫩树枝，
　　在树上摇曳、抖颤。

每当她出现在面前，
　　我的眼神就会慌乱，

直到她走远了，
　　渐渐消失，不再看见。

有一天晚上，
　　我见到她和她的女伴，

她们悠闲地漫步
　　在"伫立处"[2]与玄石间[3]。

1　这首情诗所述对象是古莱氏族美女泽娜布·宾图·穆萨。
2　伫立处：为麦加圣寺名胜古迹之一，又称"易卜拉欣伫立处"。
3　玄石：为麦加天房（克尔白）外东南角安放的一块黑石，被视为"圣物"。

我心中正想着她，

　　她心里也把我念，

命运就做好了安排，

　　我们不期相遇在夜晚。

淑女个个多俊美，

　　苗条的腰身洁白的脸，

娴雅地轻轻移步，

　　好似羚羊一般。

她们是那样美丽，

　　美的不啻天仙，

却又庄重、温淑，

　　半含娇嗔羞红了脸。

她开口时，女伴都洗耳恭听，

　　听她倾心而谈。

她们都尊敬她，

　　听她金玉良言。

"我们总走不好'绕行'[1]，

　　都因欧麦尔把心搅乱。"

---

1 绕行：为穆斯林朝觐功课之一，即绕克尔白慢跑，每过玄石则吻之，或举手示意。

一个女友对她说。
　　而她则对女友指点：

"好妹妹，你要把他阻拦，
　　让他认清我们的脸；

"然后再羞答答地
　　对他暗送一个媚眼！"

女友说："我已暗送秋波，
　　可他竟不肯靠前。"

说罢她匆匆站起，
　　匆忙跟在我的后面。

这就是命运

自从我与你相认，
　　床上就长满了针。

我责怪心竟让一个姑娘乱了方寸，
　　心说："莫抱怨吧，这就是命运！"

幽　会

不见月亮，天是那样黑，
　　我溜出门去，同她幽会。

她让我尝到了甜美的滋味，
　　——好似蜜汁之中掺清水。

我们玩了整整一夜，
　　直至雄鸡报晓把人催。

她摇醒了我，不安地说——
　　未等开口，先流下了泪：

"天亮了！冷风中露出晨光熹微，
　　快起吧！莫张扬，将我的名声诋毁！"

芳原相会

何不问问贝坦·哈利亚特的废墟：

　　这里为什么会如此荒凉，人去地空？

废墟也许会沉寂，令人惆怅，

　　也许会让人回首往事，触及心中的伤痛。

我不禁想起美丽的杏德和她的女伴，

　　当年欢聚之日，心中只有万般钟情。

从不理会别人说三道四，

　　也从未想到会各自西东。

朋友提起了她们是如何美丽，

　　使我心病复发，想起了昔日的爱情。

朋友对她们赞不绝口，我说：

　　"真该死！你又勾起了我心中的隐痛，

"如今我对爱情已经万念俱灰，

　　你能否重燃我心中的火，治愈我的心病？

"不过，你对她们的赞美也未免言过其实，

　　我看世上没几个佳人会有那样的姿容。"

他说："你可以随我去，亲眼看看嘛！"

　　我说："那怎么行！人家会说我不正经。"

他说:"你可以蒙面,披上斗篷,
　　前去问候,规规矩矩,老成持重。

"我可以领着你绕着道走,
　　避过众人耳目,免得把是非生。"

我听从了朋友的建议,
　　牵着骆驼前去,急急匆匆。

谈话间,我们都露出了自己的脸,
　　姣美的容貌岂肯遮遮蒙蒙。

她们明知是我,却佯装不认识,
　　说:"一个走累了来搭讪的牧人,素昧平生!"

谈了半天,她们才吐露真情:
　　"你以为化了装,能把我们欺哄?

"实际上,哈利德是我们派去的,
　　行前,我们早把事情商量定。

"你不过是依照我们的安排前来,
　　我们也是相约而至,岂是邂逅相逢。

"在这风景如画的芳原绿野相会,
　　赏心悦目,还可避开众人的眼睛。

"深得名媛闺秀青睐的贵胄公子哟,
　　今日理应同我们玩乐,纵情尽兴!"

如 果……

如果在我死的那天能吻吻你，

　　那该是多么幸福，多么惬意！

多想用你的津液清洗我的尸体，

　　用你的骨、血填充它做防腐剂。

乌姆·法杜露若是我的伴侣该有多好，

　　——不管在哪里，在天堂还是地狱！

诺　言

我跑去赴约，她却将我忘诸脑后，
　　我不厌其烦，她却从不将诺言遵守。

倒好像她过去从未对我说过什么，
　　又好像我是将不存在的东西追求。

献　身

我愿为那个人献身，对她的爱让我憔悴，
　　那个人，我对她的爱，从里到外，从外到里。

那个人，我忍不住总要想起她，
　　而她，也忍不住总要将我想起。

那个人，想起我会潸然泪下，
　　我想起她也不禁会暗自流泪。

那个人，从她的脸上我看出情意，
　　我对她的情意，她也会看在眼里。

库赛伊尔·阿宰

（生年不详，卒于七二三年）

生长于麦地那，后辗转于希贾兹、叙利亚、伊拉克、埃及等地。极端崇奉什叶派，是该派的代表诗人；但他同时也为伍麦叶王朝的王公贵族歌功颂德。据说诗人生得又矮又丑，却钟情于一个名叫阿宰的美女，并以为她写的情诗著称。但也有人认为这些情诗有些矫揉造作，感情不够真挚。

假若她口中的香涎……

假若她口中的香涎，

　　要送给比我穷的人，

那么我愿对天发誓：

　　我是绝对的赤贫！

多少人七嘴八舌，

　　都说她成了亲。

难道就不能有个报喜的人，

　　告诉我她离了婚！

我真希望知道……

我真希望知道——
　　　希望又有何益——
那位哈吉布姑娘，
　　　究竟怀着什么心意。

若知她有好感，
　　　我会欢天喜地；
她若对我反感，
　　　亦可免去流言蜚语。

每逢我想起她，
　　　总有两种心绪：
一是为爱情辩解，
　　　一是去责备自己。

一种心理清高，
　　　不肯低三下四；
另一种心理却说：
　　　理应忍受委屈。

姑娘们距我们一箭之遥……

姑娘们距我们一箭之遥，
　　她们婀娜多姿，体态窈窕；
俊俏的眼光像箭射来，
　　百发百中，猎物个个难逃。

虽然无仇无冤，
　　她们却能杀死英雄好汉；
弱不禁风却能杀人，
　　岂不令人惊异、赞叹！

旧钱令人眉开眼笑，
　　总不及新钱悦目赏心，
因为一切新的事物，
　　总让人好感，带来欢欣。

你的话是那样甜蜜

你的话是那样甜蜜，
　　能把山上的羱羊引到谷地，
你使我感到亲切，
　　你使我如痴如迷。

但当我六神无主时，
　　你却离我远去。
留在我心中的唯有思恋，
　　是你把爱情的烈火燃起。

离开了你……

离开了你，阿宰，
　　我曾长期把病害；
见了你病就好了，
　　这有多么奇怪。

说心病痊愈了，
　　是你带来了愉快；
并非从此心情舒畅，
　　因为情思依旧存在。

原先头上黑发如盖，
　　揭掉露出白发来。
但心头的盖子沉重，
　·　并非轻易能够揭开。

阿宰！我真希望……

阿宰！我真希望我们能有一天
　　成为富人的骆驼，远离人烟；

让我们身上生癞长癣，
　　谁见到都怕癞疮传染；

一旦我们到泉边饮水，
　　让人家投来石头，又叫又喊。

凭天房起誓：我真愿，
　　你我像两只逃走的骆驼一般，

两只有钱人丢弃的骆驼，
　　没有人追寻，没有人照管。

只有热恋者才知道愁楚的滋味

只有热恋者才知道愁楚的滋味，
　　标榜坠入爱河者所言未必真对。

热恋者令人认出的标志是憔悴，
　　皆因忧伤与失眠长期与他伴随。

努赛布·本·赖巴赫

（生年不详，卒年约七二四年至七二八年间）

　　原籍非洲努比亚。与其父母皆为希贾兹北部瓦迪－古拉谷地某部落的黑奴。后吟诗，与主人立下赎身契约（双方商定赎金，奴隶按约缴钱即可自赎）。然后去埃及，以颂诗得宠于埃及总督，总督将他及其家人买下释放。他早年善于写贞情诗，后长于颂诗。他像安塔拉一样，常以自己肤色黑为诗的题材。

世上有情人是多么可怜[1]

我站在那里，

　　等她走过面前，

纵然无法致意，

　　亦可偷眼相看。

有人监视，见到我，

　　她只是泪水涟涟，

怕的是流言蜚语，

　　她只能默无一言。

啊，世上有情人，

　　是多么可怜，

并非一切情人的心，

　　都可收买——用钱！

又译：

我站在那里，专等她经过面前，

　　纵然她不致意，我也会偷眼对她寒暄。

她看到我，又见有告密者在场，

1　诗人爱上了一个穆德莱志的姑娘，姑娘的家人不许她与之交往，故诗人常在她经过的路边等候，相互以眉目传情。

不禁潸然泪下，而无一言。

有情人可真够可怜，

我用钱竟无法买得他们生命安全。

似我者在男人中并不多见

如果说我黑，那麝香更黑，
　　皮肤黑并不是毛病、缺点。

我品德高尚，不会狗苟蝇营，
　　如同青天高洁，远离地面。

似你者在女人中并非没有，
　　似我者在男人中并不多见。

你若愿意，就回答说愿意，
　　你若不肯，我也同你一般。

艾哈瓦斯
（生年不详，卒于七二八年）

　　原名阿卜杜拉·本·穆罕默德。以写艳情诗著名。"艾哈瓦斯"原是其绰号，意为"眯缝眼"。麦地那人，奥斯族。为人放荡，惯于拈花惹草，寻欢作乐，迷恋于一些歌姬女婢，并为之吟诵情诗。其诗往往冶艳露骨，以致被控有伤风化，而遭流放。但诗句自然流畅，琅琅上口。

我需要乌姆·加法尔开恩[1]

我需要乌姆·加法尔开恩，
　　可她却偏偏不肯。

她不再让我去访问，
　　人们已经为她对我嫉恨。

我转悠，若非在你们家门口能见到她，
　　我才不在那里游荡——像丢了魂。

我探望紧挨着她家的那些人家，
　　可我的心却向往着我不去的那个家门。

1　诗人曾迷恋上一个信基督教名叫乌姆·加法尔的女人，并为她吟咏了大量
　　情诗，致使她哥哥艾伊曼曾向麦地那总督提出对诗人的控诉。

辩　解

我没有过错，
　　你却对我指责。
你这样冤枉我时，
　　我会找理由辩解说：

随你把我看成何种人：
　　要么是受你冤枉的无辜者，
要么虽然得罪了你，
　　但挨了骂已经悔过。

生活本身就是要你随心所欲

何不责备他今天干吗发呆，
    悲伤的人往往更需要坚强。

如果你不肯玩乐，不愿恋爱，
    那就又僵又硬，像石头一样。

生活本身就是要你随心所欲，
    纵然怨恨的人会说那是荒唐。

对她的爱是我心中的病

泽勒娃让我心旌摇曳，
　　请别责备我如痴如迷！

她可真是个绝世佳人，
　　举止是那样婀娜多姿。

还有她那柔声细语，
　　同样让我感到欢喜。

我尽力想讨她欢心，
　　她却对我无情无意。

对她的爱是我心中的病啊！
　　盘踞在心头，永不会痊愈。

我仍倾心于你

阿娣凯的家！为怕敌人，我回避，
　　但是这颗心却始终与你维系。

我对你纵然确实是退避三舍，
　　我向你发誓，我仍倾心于你！

两个情人

两个情人暗中互通信息，

　　相约幽会，当星星出现在天际。

两人一夜过得如痴如迷，

　　直至天亮，才不得不分离。

别让这颗心更加痴迷

请你别让这颗心更加痴迷，
　　要么把它隐怀的哀伤治愈！

如果说别人的爱不过口头，
　　我对你的爱则深埋在心底。

不是靠巧舌如簧甜言蜜语，
　　而是同血肉完全合为一体。

哲利尔
（六五三年至七三三年）

　　生于纳季德地区的一个贫穷的游牧民的家庭中。自幼就显露出诗歌天赋，使族人引以为荣。他曾浪迹各地，为王公贵族歌功颂德。据说他在诗坛上击败过四十多个对手，为伍麦叶王朝三诗雄之一。他有诗集传世。其诗的特点是自然流畅，挥洒自如。

他们带走了我的魂魄

他们带走了我的魂魄，

　　唯有眼中泪水不断垂落。

她强咽下泪水对我说：

　　"你我满腹钟情可奈何？"

丹凤眼似箭……

丹凤眼似箭，把我们的心射穿，
　　害死了人却丢下不管，毫不可怜。

她们虽是最娇柔纤弱的人，
　　却能打倒文武双全的英雄汉。

艾赫泰勒

（六四〇年至七一〇年）

生于希赖台额利卜部落一个信奉基督教的家庭中。他写诗为伍麦叶王朝的哈里发歌功颂德，因而得宠，被称为"哈里发的诗人""伍麦叶的诗人"；被认为是伍麦叶王朝的辩护律师和台额利卜部落的喉舌。晚年卷入法拉兹达格与哲利尔的诗歌之战，他站在前者一边，与后者为敌，写了很多"对驳诗"，与两人并称"伍麦叶三诗雄"。其诗一八九一年首次于贝鲁特出版，有一定的史料价值。

后　悔[1]

我俩都一夜伤心断肠，
　　好似两胁被床磨出疮。

她是为前夫痛哭失声，
　　我则为前妻哭号悲伤。

1　此诗为诗人休妻再娶后所作。

法拉兹达格

（六四一年至七三二年）

伍麦叶王朝三诗雄之一。生于巴士拉台米姆部落一名门望族。为人刚愎自用，性情多变，又因他信奉"什叶派"，故很少得到宫廷重用和信赖。他曾与哲利尔对诗舌战达五十年之久，被传为阿拉伯文学史上的佳话。

法拉兹达格有诗集传世。一八七〇年在巴黎首次印行了他的部分诗歌，还有一部分则于一九〇〇年印行于慕尼黑。一九〇七年在莱顿出版了他与哲利尔的对驳诗。

悔

当娜娃尔被休弃离开我身旁，
　　我反躬自问噬脐莫及悔断肠。

她本是天堂，我却走了出来，
　　好似逆反把亚当赶出来一样。

我好像故意挖掉自己的双眼，
　　于是白昼对于我不再有光亮。

祖·鲁麦
（生年不详，卒于七三五年）

　　伍麦叶王朝著名的牧歌诗人。生于叶麻麦原野达赫纳沙漠地区。聪慧过人。最初以吟咏歌谣开始其文学生涯，后转作长诗（盖绥达）。据说，他曾苦恋一个名叫麦娅的姑娘，为她写过不少情诗，表达其纯真的爱情。诗人热爱荒漠，热爱大自然，写有不少描绘沙漠景物的诗歌。其诗善用比喻，但杂有不少费解的生词僻典。

勒住骆驼在麦娅的门前[1]

勒住骆驼在麦娅的门前，
　　我在那里一直边哭边谈。

我抛洒泪珠，把地面浇灌，
　　石头泥土都感动得几乎开言。

麦娅却对真主起誓，
　　说我同她说的话全是欺骗。

那就让真主暗中杀死我好了，
　　反正在我们那里还有敌人要战。

麦娅如果同你交谈，
　　或是露出面孔，或是脱去衣衫，

啊！那秀丽的面颊，那甜蜜的语言，
　　还有那令人销魂的玉体芳颜！

啊！我不认为钟情是一个高尚穆斯林的病，
　　也不认为怀有这种爱情应受责难。

1　麦娅为诗人祖·鲁麦的恋人。

风从麦娅家乡吹来

风从麦娅家乡吹来，
　　风吹引我情思满怀；

情使两眼潸然泪下，
　　人人情系情人所在！

又译：

风若从麦娅乡亲那方刮起，
　　我的心就会随风悸动不已。

爱情就是双眼会因之流泪，
　　爱情就是情人总在你心里。

她的皮肤细嫩……

她的皮肤细嫩好似绸缎，
　　声音悦耳，却从不胡言；

两只眼睛是真主的杰作，
　　令人心醉好似美酒一般。

阿尔吉

（生年不详，卒于七三八年）

伍麦叶王朝诗人，生于希贾兹地区塔伊夫附近的阿尔志镇，古莱氏族人。他文武兼备，是著名的骑士，尤善射箭，曾在对罗马的战争中立过战功，并为圣战捐赠了很多财产。他求官不得，故归里赋闲。诗人曾与麦加总督发生纠纷，并作诗调笑总督的母亲，致被投入狱，并病死狱中。他为人放荡不羁，善作艳情诗。

她把面纱轻掀

她把面纱轻掀，
　　露出脸如银盘；
又扯起薄薄的披巾，
　　把妩媚的芳腮半掩。

她们这些人前去朝觐，
　　不是为了求真主喜欢；
只是为了要想煞
　　那些无辜的傻蛋！

瓦立德·本·叶齐德

（七〇七年至七四四年，伊历八八年至
一二六年）

　　阿拉伯伍麦叶王朝哈里发诗人。生于大马士革，
死于霍姆斯郊区。其父哈里发叶齐德·本·阿卜杜·麦
利克性喜声色犬马，故诗人自幼养成放荡不羁、游戏
人生的性格。他文学修养很高，精通音乐，具有艺术
家的气质。他放浪形骸，玩世不恭，整日花天酒地，
过着放荡奢靡的生活。其诗正是他本人生活的写照。
他尤善写咏酒诗。因其行迹有悖于伊斯兰传统教规，
故被废黜，后被杀。

她的所为

我不祈求真主对她的所为有所改变，

　　她睡了，她的两眼却使我彻夜难眠。

没有她，夜是何其长，

　　遇到她，夜则何其短！

伊本·盖斯·鲁盖雅特

（六三三年至六九四年，伊历一二年至
七五年）

　　阿拉伯伍麦叶王朝诗人。生于麦加，古莱氏族
人，在当时的政治宗派斗争中，他被认为是祖拜尔派
的代表诗人。据说，他曾爱恋过三个名字皆为鲁盖娅
的妇女，故以鲁盖娅特（鲁盖娅的复数）为号，为她
们作情诗。他曾居于麦地那、伊拉克、叙利亚、埃及
等地。作为出身古莱氏族的贵族，其诗具有鲜明的政
治倾向。诗歌主旨有颂扬、悼亡、矜夸、恋情等。格
调平易、流畅，情深感人。

鲁盖娅，求你不要离弃我！

鲁盖娅，求你不要离弃我！
　　哪怕先给我一些希望再说。

随你给我一个未来的诺言，
　　纵然拖延我还是喜欢许诺。

要么你将实践对我的诺言，
　　要么我在对你的期望中过活。

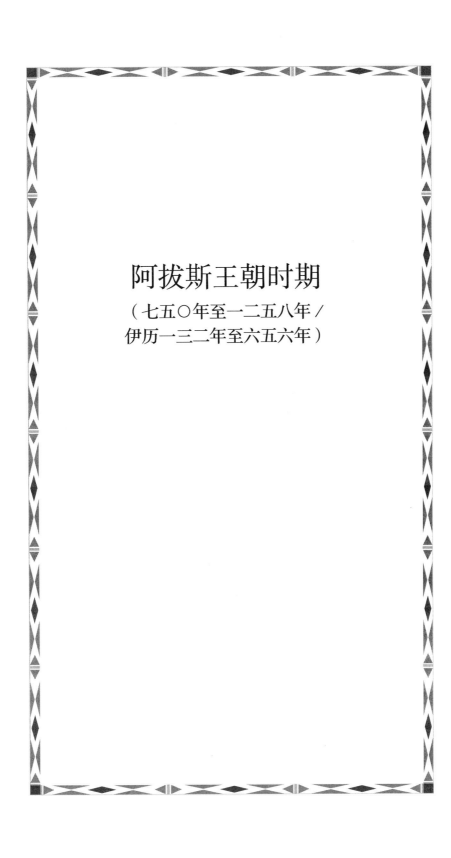

阿拔斯王朝时期

（七五〇年至一二五八年／
伊历一三二年至六五六年）

白沙尔·本·布尔德
（七一四年至七八四年）

　　祖籍吐火罗，生于巴士拉。父亲是波斯血统的泥瓦匠，母亲是希腊（罗马）血统。诗人天生双目失明。他善作各类题旨的诗歌。他曾一度得宠于哈里发麦赫迪前，但由于嫉恨者进谗而失宠。诗人曾作诗攻击哈里发及其宰相，得罪朝廷，后被控为"伪信"，在巴士拉被鞭笞致死。他被认为是阿拔斯王朝维新诗歌的先驱。其诗当时曾风靡一时，广为传唱。

你让我泪流如雨

那天，你无故地离我而去，
　　亲爱的，你让你泪流如雨。

你怎么会不记得那些誓约，
　　把你要陪伴我的话全忘记？

我越是耐着性子等待同你相见，
　　就越是忍耐不住，心急得要死。

亲爱的，我还不如在爱你之前死去，
　　或者是活着而没有爱上你。

世上没有什么比与灵魂分离更难过，
　　够了！这个灵魂实在令我痛苦不已。

心啊！你何时才会得到安慰？

心啊！你何时才会得到安慰？
　　你折磨我，到何时才能算完？

你让一个情人怎么办？
　　医生对他已一筹莫展。

他已经死了，或是正在死去，
　　——如果真主不能使他复原。

情人是用心看

有些人让我摈弃对阿卜黛的爱情，
　　　对于她，他们与我的心迥然不同。

我说：让我的心随意选择好了，
　　　情人是用心看，而不是用眼睛。

两只眼睛不会看见爱情之所在，
　　　两耳也听不见，除非出自心中。

我看到一位姑娘娇美无比

我看到一位姑娘娇美无比，
　　让我为她献身也在所不惜。

她派人问我求艳服，将她赞誉，
　　可我青春已逝，艳服也早收起。

姑娘，向穆罕默德的真主起誓，
　　我这可不是对你无情无义。

我不肯答应你的要求，
　　是事出有因，迫不得已。

哈里发下令说：不许！
　　我只能听从他的旨意。

几多名媛闺秀为离别而哭泣，
　　我可不敢向她们哭哭啼啼。

想起情人令我多思念，
　　可我怎敢到她们家去。

哈里发下令，禁止这种幽会，
　　我只能忍耐，痛苦埋在心里。

伟大的国王不许我调情，
　　我俯首听命，不违钧旨。

岂止如此，我最守信义，

　　我的誓约、诺言从不忘记。

我勇敢，对敌人敢鄙视，

　　我高尚，用功德赢赞誉。

亲近我者，我亦诚心相待，

　　若疏远我，我也绝不客气。

我的耳朵对一个人产生了爱情

啊，人们！我的耳朵
　　对一个人产生了爱情，
而耳朵的钟情
　　有时先于眼睛。

人们说："你又看不见，
　　是谁让你爱得发疯？"
我说："耳朵像眼睛一样，
　　要把自己所爱藏在心中。"

又译：

人们！我的耳朵爱上了一位姑娘，
　　有时耳朵会比眼睛先坠入情网。

人们说：你这瞎子，胡言乱语说的是谁？
　　我说：耳朵同眼睛一样，把秘密藏在心上。

夜虽不长……

夜虽不长，我却一夜未能入寐，
　　面前闪动着倩影，早驱走了睡意。

阿卜黛！抚慰我一点吧！
　　须知我也是血肉之躯。

我的衣衫裹着一个憔悴的身体，
　　你若靠上去，我们都不会倒地。

欧默尔责备我偷情……

欧默尔责备我偷情一事，
　　——黑夜不肯保守秘密。

他说："醒醒吧！"我说："不！"
　　他说："人们已对你俩窃窃私议。"

我说："你不必顾及
　　他们说三道四，胡言乱语。

"他们若是看看自己的毛病，
　　何不闭紧嘴巴，不言不语？"

麦阿德的姑娘

麦阿德的姑娘眼睛又大又黑，
　　她的话语甜似天园里的果子；

她走起路来婀娜多姿，
　　仿佛骨头是藤子做的。

不必开口用眼睛

不必开口用眼睛,
　　表尽心中几多情;

人前假装不相识,
　　背后常问旧誓盟。

夜夜欢娱苦夜短

夜夜欢娱苦夜短，
　　　唯有今宵长难眠。

羚羊明眸闪秋波，
　　　无奈待我太冷淡。

惆怅似人面前站，
　　　睡梦一见忙躲闪。

心

有人劝我不要对阿卜黛亲近，

　　他们对她的心与我大有区分。

我对他们说：让我随心所欲吧，

　　情人要看，不是靠眼而是靠心！

两眼看不见爱情在什么地方，

　　但两耳却能听到心中的声音。

阿巴斯·本·艾哈奈夫
（生年不详，卒于八〇八年）

　　生于巴格达一豪门大族。曾与诗人艾布·努瓦斯等交往，以善写情诗著称。他受哈里发哈伦·赖世德赏识，成为其清客，并陪其征讨亚美尼亚、阿塞拜疆等地。其情诗感情真挚、细腻，皆为其钟情的美女馥姬所写。诗中写尽其相思、苦恋之情，缠绵悱恻，与伍麦叶王朝的贞情诗一脉相承，平易自然，清新流畅，充分显示出诗人的风雅、痴情。

如果爱情能由我管

如果爱情能由我管，
　　或者听从我的判断，

我会追求它，并抓在手，
　　不管它在天上还是人间。

然后将它均分开来，
　　我与心爱的人各自一半。

只要我们活着，就保持，
　　纯真的友谊，披肝沥胆。

直至我们一旦都死去，
　　诸事也都会随之而完。

那就让爱情也随之而死，
　　或者让它活在忠诚的人间。

一群沙鸡飞过……

一群沙鸡飞过，令我悲伤，
　　像我这样，的确该哭一场。

啊，沙鸡！谁肯借给我翅膀，
　　让我飞到我心爱的人身旁？

思　恋

有位客居伊拉克的青年正在思恋，
　　世上最美的姑娘啊，请回答他的呼唤。

我提笔写信，总也不能成篇，
　　恸哭啜泣，使我浑身抖颤。

我把满腹情感倾注于笔端，
　　滴滴泪水却把纸上的字洇成一片。

风从你的家乡吹来，
　　我请它带来你的问安。

并求它带去我对你的问候，
　　若带到了，请回答我的召唤。

相爱的人总苦于彼此相距太远，
　　真主！求你把情人间距离缩短。

去天房朝觐的人们！请到叶斯里卜[1]看看，
　　以满足一个苦恋伤心青年的心愿。

请你对他们说：叶斯里卜人啊！
　　请帮助一下那个小伙子摆脱忧患！

1　叶斯里卜：即麦地那城的古称。

那是我们留在伊拉克的一个青年，

爱情把他折磨得已经一息奄奄。

医生们都不知道他得的是什么病，

只是胡乱猜测他得病的根源。

一旦她出现……

一旦她出现，
　　即使我把头低，
控制住眼睛，
　　故意不朝她看去，

可又怎能够
　　掩饰住自己——
流出的泪水
　　道出了我心中的秘密。

不知你们是否允许……

不知你们是否允许,
　　一个恋人常到你们家去?
在你们那里有爱慕,
　　为眼睛、耳朵所企及。

这颗心是纯洁的,
　　只是目光放荡不羁;
即使坐得再久,
　　也不会怀有歹意。

你杀死了我……

你杀死了我——用对你的爱，

 难道就不能说点假话让我重生？

我看我对你的爱与日俱增，

 你怎样折磨我，我都认为公平。

说什么心与心可以相通

说什么心与心可以相通，

    我看全是谎言将人欺哄。

倘若真像他们说的那样，

    情人就不会为爱情苦痛。

馥 姬

有人问馥姬长的什么模样？

　　你若是没见过，就请看看月亮！

她好像原来家住在天堂，

　　而尔后下凡，向人们显示迹象。

我想她一定不是一个凡人，

　　真主未造出什么同她相像。

我想向你问好……

我想向你问好，又怕他们看出，
　　于是就故意对别人打招呼。

我常对他们笑脸相迎，以掩饰自己，
　　因为我的嘴虽在笑，心却在哭。

小冤家，请在馥姬面前替我说说情！

小冤家，请在馥姬面前替我说说情！
　　——既然你，小冤家，对我总有用。

求真主让她的心也患上我的心病，
　　——我的心可实在是病得不轻。

我离开你并非出自厌烦

馥姬！我离开你并非出自厌烦，
　　也不是因为别人的飞语流言。

而是我考验了你，却发现
　　你耐不住食品一成不变。

得知情人违背了自己的诺言

得知情人违背了自己的诺言，
　　我整整一夜辗转反侧难眠。

凭真主起誓：我真不知对她的过错
　　是视而不见，还是谴责、抱怨。

一旦她犯有什么过失，我总觉得
　　好似错在自己，而一直不安。

她因为我结了婚而埋怨我

她因为我结了婚而埋怨我，
  我说：我们都结了婚，都有错，

我们两人都是事与愿违，
  都是被迫而无可奈何。

我们的心都彼此相思，
  胸中都怀着一团炽烈的火。

好狠心的姑娘

她说——好狠心的姑娘：

　　"你怎么会瘦成这样？"

"啊，你这个射中了我心的人啊！

　　你最清楚箭射在什么地方！"

一旦年轻人坠入爱河

爱情一开始就情不由己，
　　是命运、缘分将它驾驭。

一旦年轻人坠入了爱河，
　　种种事会令人难以自持。

它会让你哭干泪眼，
　　那就借别人的眼泪流如雨！

可谁会借给你眼供你哭啊，
　　你可见过有眼出借供哭泣？

我就像灯捻儿

我的诗能成就相爱的人，
　　但却未能博得你的芳心。

我就像一根油灯的捻儿，
　　燃烧着自己去照亮别人。

艾布·希斯
（生年不详，卒于八一一年）

祖籍也门，是诗人迪阿比勒（七六五年至八六〇年）的堂兄弟。曾在巴格达与著名诗人艾布·努瓦斯、穆斯林·本·瓦立德等交往，但名气没有他们大。晚年双目失明。他擅长写情诗、咏酒诗和颂诗。失明后，曾为其双目写有不少挽诗，凄婉感人。

你在哪里……

你在哪里，爱情就让我在哪里停，
　　寸步难移，既不落后，也不前行。

我发现，为爱你，责备也变得动听，
　　让他们责备我好了！只要提你的芳名。

你似我的敌人，我就变得也爱他们，
　　因为你与他们对我的态度竟然相同。

你轻侮我，我就乖乖地轻侮自己，
　　你瞧不起的人，我也绝不会尊重。

艾布·努瓦斯
（七六二年至八一三年）

　　生于波斯的阿瓦士。其父早亡。他博闻强记，很快跻身诗坛。三十岁去巴格达，因诗才被哈里发赏识。他终生恃才傲物，尤喜饮酒作乐，而常置教法于不顾，至晚年才有所收敛。他善写饮酒诗，故有"酒诗人"之称。他往往借酒抒情，反映出他落拓不羁的性格和主张自由开放，反对宗教禁欲的思想。他也写有不少情诗，其笔墨新颖别致、不落窠臼。

同座一醉我两醉

勿为莱伊拉哭，
　　勿为杏德悲[1]，

手中酒红如玫瑰，
　　且为玫瑰干一杯！

一杯美酒喉中倾，
　　两眼双颊红霞飞。

酒如红宝石，
　　杯似珍珠美。

面前窈窕一淑女，
　　尽握在手里。

手中倾酒眼倾酒，
　　能不令人醉复醉。

同座一醉我两醉，
　　谁人能解此中味！

1　莱伊拉、杏德：是阿拉伯常用的女人名，常指美女。

在两堆火之间[1]

为了爱她，我似炙烤在两堆火之间，

　　一堆在她的双颊，一堆在我的心田。

好糊涂的亲人啊，眼看着我憔悴，

　　躺在床上，他们却不知我的病源。

姑娘，你对尘世若像对我一样无情，

　　那你一定可以在水上行走，飘飘若仙。

1　这首诗是诗人为他钟情的姑娘戴娜尼尔写的，她是波斯籍贵族巴尔麦克家
　的使女。

有情人

有情人好似身上负重，
　　饮酒作乐才会让他轻松。

他若哭泣，也是应该的，
　　他并非玩物，供人玩弄。

你在无忧无虑地笑，
　　爱你的人却在痛哭失声。

你奇怪我怎么会病？
　　我若是健康才应令人吃惊。

每逢你的病好了，
　　我就会添上心病。

月亮在追悼会上[1]

啊，月亮在追悼会上出现，

在同伴中，她哭得多么伤感。

用嫩枣批着红玫瑰，

水仙花中滚落珍珠串串[2]。

你不必为一个埋在土中的死人哭泣，

何不哭一个被你杀死的人，就在门前。

透过那些侍卫和奶娘、丫鬟，

我在追悼会上见她娇嗔满面。

追求她的人仍无结果，

我也一样，只能见她一面。

1　此诗是诗人为其钟情的一个名叫姬因的使女所作。当时诗人见她在一个追
悼会上批颊，号丧。

2　诗人以嫩枣喻指尖，红玫瑰喻面颊，水仙花喻美人的眼，珍珠喻泪珠。

热恋又何妨!

我是在热恋,
　　　热恋又何妨!
在我的头脑中
　　　从没有什么同爱情一样。

我碍着人们什么了?
　　　何必对我大肆诽谤!
人们有他们的宗教,
　　　我有自己的信仰。

干吗一旦我去
　　　看望我的女王,
为敌的人脸上
　　　会像涂了墨一样。

真主知道,不是我
　　　不去将您探望,
只是流言蜚语
　　　使我不能不防。

若是能到您那儿去,
　　　我一定前往。
哪怕是爬着去,
　　　或是倒立,两脚朝上。

在您的脸上，

　　　我读到这样的字行：

"真主仁慈，会将

　　　怜悯人们的人原谅！"

浴 女

为泼水，她脱掉了衣衫，
　　羞赧顿时染红了她的脸。

她一丝不挂，迎风而站，
　　袅娜的身段比风还柔软。

她将手伸进澡盆，
　　纤纤素手同水一般。

待她刚刚梳洗完，
　　匆忙想去拿衣衫。

突然发现有人要走近前，
　　于是她将光亮罩上黑暗。

晨光随之消失在夜晚，
　　唯有水滴点点落水面。

赞美真主——他也许会发现，
　　她是世上最美的女人，无比娇艳。

清高的美酒

啊，向美酒佳酿
　　　提亲的媒人，
难道你的聘礼
　　　只是一磅黄金？

你是将她小瞧，
　　　可别让她听到，
否则葡萄就会发誓
　　　不再结葡萄。

当我前去
　　　向她提亲时，
献上的是
　　　一升珍珠和宝石。

她难舍家园，
　　　在坛中哭喊：
"我的妈呀！
　　　我怕熊熊的火焰。"

我说："这在我们那里
　　　不必把心担！"
她问："也没有太阳？"
　　　我说："喜日是在夜晚。"

她问："谁来保媒？"

我说:"我在这里!"

她问:"我丈夫是谁?"

我说:"是甘美的清水。"

她问:"如何交欢?"

我说:"用冰块搅拌!"

她说:"我的家呢?

我可不喜欢木质的房间!"

我说:"是法老生产的

玻璃酒瓶和杯盏!"

她说:"这可真让我

手舞足蹈,喜地欢天!

"可我不能允许

流氓暴徒非礼沾唇;

还有那些一嗅到我

就皱眉的悭吝小人;

"我不要祆教徒,

因为火是他们信奉的神;

也不要犹太教徒

和那些崇拜十字架的人;

"我不要那些

执迷不悟的贱民;

也不要乳臭未干的孩子

和不懂礼貌的蠢人;

"我不许那些

不尊重我的下流坏近身。
还是快让阿拉伯人
来将我畅饮！"

啊，美酒！她只愿
为这样的人把身奉献：
他有家财万贯，
为她不惜倾家荡产！

你竟张扬我的秘密

是你在我心中将情火燃起，
  然后显得对此毫无干系。

直到我坠进爱的海洋，
  波涛在我心中流溢。

你竟张扬我的秘密，装作将我忘记，
  这公平吗？亲爱的！

即使我无法将爱抗拒，
  难道你对真主就不畏惧？！

与姬囡问答

"答复在哪？回信在哪？"
　　她说："等着瞧，有回答！"

我伸出手："行行好吧！"
　　她说："那好，只有石子儿一把！

"你若是叫花子，就请滚回去！
　　我们这里没有什么可将你打发。"

"啊！可怜人行乞却受呵斥，
　　呵斥求乞者，真主必责罚！"

她没有罪过

她没有罪过，只是
　　爱情好似枪尖，

总在这颗心中刺戳，
　　于是心被伤遍。

我不在意死

人生的灾难忘却了我,
　　无忧无虑,日子快活。

整日有高朋满座,
　　饮酒作乐,觥筹交错。

还有一只羚羊,一旦放荡不羁,
　　令人如醉如痴,神摇意夺。

醒着时,我同她玩乐,
　　睡梦中,只有倩影陪伴我。

我拥抱她,依偎在一起,
　　覆盖在我们身上的唯有夜色。

我这颗高尚的心不肯罢休,
　　除非尝尽世间一切禁果。

我享受完人世种种欢乐,
　　才不在意何时把死的苦酒喝!

挨骂亦快活[1]

名经芳唇过，
　　挨骂亦快活。

任你怎么说，
　　全是为爱我。

1　诗人爱恋女婢姬因，被她嘲骂，故有此诗。

啊，有一只蝎子在他的眼窝

啊，有一只蝎子在他的眼窝，
　　谁经过他面前都要挨蜇，

他的面颊上有一轮红日，
　　带着幸福升起而永不会落。

我向她要求一吻

我向她要求一吻，
　　总算得到了，费了好大的劲。

我就说：看在真主的分上，害人精，
　　再来一下吧，让我称心！

她嫣然一笑，说了句成语，
　　——人人都懂，并非骗人。

姑娘！别让男孩子得到第一次，
　　他更强烈的要求会在后面紧跟！

啊，美人儿！

求真主在你的脸庞——
　　啊，美人儿，制定一个正向，

从而允许我礼拜
　　和亲吻——在你脸上。

朝镜子好好望一望

朝镜子好好望一望，
　　看看丑是什么模样！

瞅瞅你是多么希望，
　　吻吻那美丽的脸庞。

两行字

他的脸蛋儿被头发掩起，

　　像明月闪现在黑暗天际。

又像一位作家蘸着麝香，

　　用笔在他腮上写两行字。

穆斯林·本·瓦立德

（七五七年至八二三年，伊历一四〇年
至二〇八年）

　　生于库法，父亲操编织业。诗人早年曾随父兄
迁去巴士拉受教于名诗人白沙尔等。后去巴格达为哈
里发哈伦·赖世德、艾敏、麦蒙等及其手下的文官武
将歌功颂德，深受赏识。曾任戈尔甘（现属伊朗）驿
站长等职，死于戈尔甘。诗人继承古诗遗风，模仿多
于创新。他刻意追求辞藻华丽、典雅，写作时精雕细
刻，是当时诗坛"藻饰派"的创始人。

我去看她……

我去看她，
　　　并不约束自己的目光；
我相信眼睛
　　　会把我心中秘密宣扬。

我们把眼神
　　　当作捕捉情意的标志，
闪烁顾盼中
　　　藏着多少魅力和奥秘。

眼闪秋波，
　　　我知道那是情意缠绵，
侧目睥睨，
　　　我知道那是她冷淡疏远。

每天我都提心吊胆
　　　唯恐她嫌弃、不理；
夜里想入非非，
　　　早起找借口与她相会。

我对她目不转睛

我对她目不转睛，
　　待她懂得我的衷情，
就对我回眸一笑，
　　送来秋波频频。

对爱情想入非非，
　　让我们双颊羞红，
目光的千变万化，
　　使我们处于危险之中。

画　像[1]

自从失去了你，我总是独自
　　在沙土上为你的芳容画像。

我两眼泪水不断与它共饮，
　　并向它哭诉我极度的悲伤。

真主啊！我真不知何罪之有，
　　除了我过分爱你，爱得发狂。

1　为亡妻写的悼诗。

那只羚羊……

那只羚羊是那样美丽无比，

　　到哪里都会令人如痴如迷。

可是重重帐幔将她遮蔽，

　　只有在梦中或是希望里才会见到你。

怎能不为驼轿中的美人痛哭失声

怎能不为驼轿中的美人痛哭失声，
　　她们的离去让我的心儿纠结不清。

我若阻止心跳，它却更加悸动不止，
　　我若憋住泪水，它却更加流个不停。

一旦我强忍住心中炽烈如火的悲伤，
　　情欲却发出哀叹，以表达我的心声。

可叹啊，那些青春年华，青春岁月！
　　那该多好啊，假若欢乐稍微停一停！

艾布·阿塔希叶

（七四八年至八二五年，伊历一三〇年至二一一年）

生于伊拉克一贫苦释奴家庭，父亲是奈卜特人。诗人早年生活于库法，后去巴格达，以颂诗得宠于朝廷王室。诗人爱上王后侍女欧特白，遭禁绝后，仍写诗追求，被讥为"白痴"，其名艾布·阿塔希叶（意为"白痴"）即源于此。他以晚年创作的劝世诗著称。其诗在一定程度上表达了下层人民的痛苦和愿望，指出在宗教和死亡面前，人是平等的。其诗脍炙人口，常被谱成乐曲传唱。

但愿我死了……

艾哈麦德问我——他尚不知我的意念：
　　"如今你真的还将欧特白爱恋？"

我叹着气说："是的，
　　爱情流动在我的每一条血管！"

欧特白！你若是摸摸我的心，
　　就会发现它早已被伤得稀烂。

医生和亲人都束手无策，
　　不知对我的遭遇该怎办。

但愿我死了，一了百了，
　　只要活着，总受她的熬煎。

我对你如痴如狂

我对你如痴如狂，
　　爱得痛苦，爱得怅惘。

谁若坐近我的身旁，
　　都会嗅到爱的芳香。

我的眼睛是一泓泉水

我的眼睛是一泓泉水，
　　流的是对欧特白的泪。

她像大海冲到岸边的一颗珍珠，
　　是那样的晶莹璀璨，那样的美。

她的芳唇玉齿，闪动的秋波，
　　都好似有来自巴比伦的魅力。

我张开了手掌向你们乞求，
　　你们可拿什么回复这求乞？

如果你们给不出什么东西，
　　那就请你们为我美言几句。

对她的爱情让我病入膏肓，
　　只剩下这骨瘦如柴的身体。

啊，有谁可曾见过被害死的人，
　　由于痴情，竟为害人凶手哭泣？！

模　样

造物主看到了你的美丽，
　　并认为你的确其美无比，

于是尽力按照你的模样，
　　创造出了天园里的美女。

人们将她遮蔽……

他们不让她与风接触，将她遮蔽，

　　因为我曾说：风啊，请向她致意！

他们若仅是把她遮住倒也罢了，

　　临走那天，他们还禁止她言语。

欧莱娅·宾特·麦赫迪
（生于七七五/七六年，卒于八二五年）

　　哈里发麦赫迪（七五四年至七七五年在位）的女儿，著名哈里发哈伦·赖世德（七八六年至八〇九年在位）的妹妹。生于巴格达，也长期生活于巴格达，但亦随其放任在外地的丈夫到过许多地方。她能诗善唱，但对宗教很虔诚，不过有时饮酒。其诗多为情诗，亦有颂诗、讽刺诗、咏酒诗。诗中善用借喻和隐语；常在诗中把情人的名字故意写成女的。

我对情人的名字秘而不宣

我对情人的名字秘而不宣，
　　只在心中将痴情重温再三。

我真想找一个空旷的地方，
　　也许能将爱人的名字呼喊！

我总在思念

啊，松树般的青年！我总在思念，

　　有何法能受你的庇护，到你身边？

何时那个被规定不许外出的人，

　　能与那个想同他结合的人相见？

但愿真主能够使我们免除烦恼，

　　而让相恋的情人欢聚不再思念。

始终未离我的心

一个离开我的人，
　　始终未离我的心。

今日离我而去者！
　　往后你同谁亲近？

牵　挂

啊，责备我的人！
　　我以前也曾将别人责备，
直到我尝试过后，
　　才热恋得如痴如醉。

爱情在一开始，
　　不过是嘻嘻哈哈，
一旦认真起来，
　　才成为件事让人牵挂。

奇怪吧？我高兴，
　　要我命的人却恼怒，
多怪呀！受害者快乐，
　　却不能使凶手高兴！

在沙漠深处点燃起篝火的人儿啊！

在沙漠深处点燃起篝火的人儿啊！
  何不从一颗总挂念你的心上取暖！

你可以将火一时燃起，一时熄灭，
  可我心中却是永不会熄灭的烈焰。

想清楚！

想清楚！如果有人对你说，
　　情痴坠入爱河不会被淹没，

那你就指望自己可以获救，
　　能够从陷入的情网中挣脱。

如果爱情中没有怨恨恼怒，
　　也没有什么让人幸福快乐，

那么人们写的信函和书籍
　　还有什么乐趣会吸引读者？！

穆罕默德·本·伍麦叶
（生年不详，卒于八四五年）

生于巴士拉。他成名于哈里发哈伦·赖世德（七八六年至八〇九年在位）时代，后专随亲王易卜拉欣·本·麦赫迪，为其掌管财政。他诗文兼备。诗写的不多，但往往幽默风趣。其诗多为情诗和讽刺诗。

我是这样爱你

我是这样爱你——
　　如果向人们泄露少许，
那爱情炽烈的程度，
　　会让人们因妒忌而死。

我知道纵然如此，
　　我还是配不上你；
因为在我的心中，
　　你是在最高一级。

也许你的诺言应当感谢

也许你那难忘的诺言应当感谢，
　　尽管你没有将它付诸实践。

我总用好的猜想打发时间，
　　排解那排解不开的忧烦。

每逢我期待着美好的一天，
　　总有讨厌的事情横加阻拦。

我看岁月不会让我对你的愿望临近，
　　它要临近我头上的是我的寿限！

是忆起希达[1]的阵阵情感……

是忆起希达的阵阵情感——
　　不是荒漠的废墟，引起我的思念。

她被关在家里，我见不到，
　　而她的家人我却总是遇见。

送信的人若是去她那里，则会见到她，
　　我真希望那信使眼窝里长着我的眼。

那信使也许会对你说起我如何如何，
　　那你就听他说吧！那也是我在畅谈。

1　希达：是诗人曾爱过的一个女婢。

艾布·泰马姆

（七八八年至八四六年）

生于大马士革附近的贾西姆镇，塔伊部族人。曾在开罗清真寺做过水夫。他在埃及曾试以诗求进身，未果，遂返叙利亚，又辗转遍游各地，吟诗为帝王将相歌功颂德，遂为哈里发穆阿台绥姆赏识，成为其御用诗人。曾被任为摩苏尔驿站站长。诗人有诗集传世，其诗常述及历史战事。诗人除谙熟古诗外，且深受波斯文化和希腊哲学的影响，特别重视修辞、文采。其诗常表现出深刻的哲理。

情人的悲剧

你没事了，

　　　那就让我更加病!

让我忍耐不住，

　　　让我泪如血涌!

若让我离弃你，

　　　不如让我死都行。

如果我心中痛苦，

　　　那就让它更痛!

情人的悲剧，

　　　正在于对爱情忍辱负重。

如果让他保密，

　　　他会守口如瓶。

我们中谁都不会，

　　　诉说自己的心病:

谁抱怨情人不公，

　　　他本身就是不公。

阿里·本·杰赫姆
（约八〇四年至八六三年）

　　生于巴格达，祖先为古莱氏族人，祖居呼罗珊。他与大诗人艾布·泰马姆交往甚笃。他以颂诗蒙哈里发穆台瓦基勒恩宠，但因树敌过多，遂被进谗而失宠，被流放至呼罗珊。获释后又回巴格达，欲参加对罗马的征讨，途遇游牧民拦劫，受伤而死。他是最早以诗记史，将诸哈里发事迹写成诗的阿拉伯诗人。他在监狱和流放中写的怨诉、咏志诗被认为是其最好的诗作。

坐牢倒也无妨

她说：你被囚在牢房。

　　我说：坐牢倒也无妨。

哪一把宝剑，

　　不在鞘中藏？

你没看到那雄狮

　　总蜷伏在丛林中；

而豺狼乌合之众

　　则常常四处横行。

若不是夜幕

　　遮住了太阳，

你岂会看到

　　星星的光亮。

看天上的月亮

　　逢月末会隐晦，

但过不了几日，

　　又会重放光辉。

天上布满阴云，

　　一时会阻住甘霖；

瞬间风挟雷电，

　　就会大雨倾盆。

火没有发出光和热，

是因为它藏在石中；

一旦火镰与石相碰，

　　就会燃起烈火熊熊。

若使枪杆笔直，

　　校正要靠枪端；

若让枪尖锐利，

　　要在火中锤炼。

羚羊的大眼一闪一闪

卢莎法和大桥间

　　羚羊的大眼一闪一闪，

在不知不觉中

　　把爱情带进我的心田。

她们使我重温旧情——

　　虽然我未曾忘过一天，

只是她们在炭火中

　　又加上了一块火炭。

她们倒是安然无恙，

　　却把人家的心扰乱，

好像一支支矛枪，

　　把人家的心刺穿。

她们对我们说：

　　我们是月亮高悬在天，

只管为人照亮道路，

　　住宿、款待，可从来不管！

今夜我们久别重聚

真主开恩，今夜我们久别重聚，
　　两颗受尽折磨的心紧贴在一起。

于是我们亲亲密密，合二而一，
　　若倒一杯酒，也不会漏掉一滴。

吝啬的姑娘们

她们说：我们似新月挂在天上，
　　　不管款待，只为夜晚行人照亮。

除了眼睛所及，别无所获，
　　　要想交欢，只能依靠想象。

礼　品

我东找西寻，

　　设法为你弄一份礼品。

当我找不到珍贵的赠礼，

　　就向你献上我的这颗心。

白　发

姑娘，见到白发不要吃惊！

　　因为白发是威严，是庄重。

园圃岂不更美——

　　一旦花儿笑在其中？

法杜露·莎伊莱
（生年不详，卒于八七四年）

　　意为女诗人法杜露，为混血女奴婢，故又称法杜露·阿卜迪娅（意为女奴法杜露）。生于巴士拉，并在那里受教育和训练。她被辗转贩卖，最后被献于哈里发穆台瓦基勒（八四七年至八六一年在位）。她才貌双全，机智聪明、能歌善诗，艺压群芳。她与哈里发穆斯台因（八六二年至八六六年在位）的宫廷文书赛伊德·本·侯迈德相爱，以情诗往来唱和，传为诗坛佳话。其诗多为情诗，亦有部分颂诗和讽刺诗。

啊，你这个美男子！

啊，你这个美男子！
　　你让我爱得妇孺皆知。

啊，我的可意人儿！
　　你为我招来了流言蜚语。

本来亲近，却又离我而去，
　　于是你变得似梦而不可及。

你何妨将旧梦再续，
　　让痛苦从我心头减去！

又译：

美男子！你让我在情场
　　众所周知，名声远扬。

我期望的人儿啊，你让我
　　成了人们胡乱猜疑的对象。

亲近之后，你却离我而去，
　　在我，你变得像梦幻一样。

你何妨与我亲密联系，
　　以减轻我心中的忧伤。

情笺之一

耐心在减，病在发展，
　　住处虽近，你却很远。

我是怨你还是向你抱怨？
　　除此之外，我一筹莫展。

在爱情上，我以我的尊严求你，
　　别让你那里对我忌妒的人如愿。

情笺之二

我发誓，若是指名
　　将你的爱外传，
那我就是把正经事
　　与胡闹混为一谈。

但我却如此这般地
　　表达自己的情感，
而把对你的忧伤与苦恼
　　独自一人承担。

你缺德[1]……

你缺德！空有一张漂亮的脸，
　　头发白了，还风流不减当年。

你该死！不知歌女好似罗网，
　　靠的全是欺骗与谎言。

她们从不答理穷人，
　　成天总是围着钱转。

她们先是向你叫苦连天，
　　转眼就提出要求一大串。

她们眼瞧着这个，又瞟着那个，
　　貌似爱你，实际上只是生意眼。

1　诗人闻其情夫赛伊德·本·侯迈德与另一歌女有情，遂生醋意，故写这首
　诗寄予他。

赛伊德·本·侯迈德

（生年不详，卒年约八六四年）

生于萨迈拉。在哈里发麦蒙（八一三年至八三三在位）时代就已是著名的文学家和杰出的宫廷文书。他为人风流倜傥，喜欢拈花惹草。他与才貌双全的女奴诗人法杜露的爱情故事被传为文坛佳话。其诗婉丽、风趣。多为情诗、讽刺诗。

和　诗[1]

今夜你倒睡得舒坦，

　　我却独自难眠，

我也不许我的眼睑

　　向你泄露我的情感。

如果你真不知

　　你的行为对我的效验，

那就请你看看

　　那些故意杀人的罪犯。

1　这首诗是对法杜露前面那首诗《情笺之二》的和诗，两首诗原格律、韵脚
　完全相同。

你猜想我早已经移情别恋

你猜想我早已经移情别恋，
　　可有些猜想也是把罪过犯。

若是我的心已押在你手中，
　　没有心我岂能对别人追欢？

让我们重续前缘再追欢！

来呀，让我们重续前缘再追欢！
　　原谅昔日的风流往事，莫再谈！

让我们按照情人的规矩行事，
　　共同保证你欢我乐心甘情愿。

大家都要为对方把真情奉献，
　　在爱情方面要忍受命运判断。

要像奴仆对主人般百依百顺，
　　即使主人冷落他也无悔无怨。

说真的，自从遭到这场责备，
　　我就似置身于炭火辗转不安。

又译：

让我们把甘愿的誓约重新签过！
　　为爱情把过去的一切都宽赦。

让我们遵照情人的法则，
　　相互保证你我都快乐。

互相要为对方献出情怀，
　　为爱情忍受命运的折磨。

要像奴仆服从尊贵的主人，

　　不妨低三下四，唯唯诺诺。

自从发生了这场争吵，

　　我心中就像吞进了炭火。

同她分别四目泪水涟涟

同她分别四目泪水涟涟，
　　别离总是心如火焚一般。

她右手紧紧地拥抱着我，
　　左手却不停地擦拭泪眼。

伊本·鲁米

（八三六年至八九六年）

　　生于巴格达，父亲为希腊血统。诗人生活道路艰难、坎坷，使他早衰、悲观、多疑、喜怒无常。其诗量多，且多长篇，尤以讽刺诗和写景咏物诗见长。其讽刺诗有的辛辣、尖刻；有的诙谐、幽默。写景咏物诗则反映诗人有敏锐的观察力和细腻的情感。其诗结构严密，有较强的逻辑性；语言通俗，易为群众接受；但往往即兴而作，一气呵成，不加润饰，有时显得冗长。

拥　抱

我与她拥抱，还在渴望，这颗心，
　　拥抱之后，是否可以更加亲近？

我吻着她，以便让自己降温，
　　情炽似火，燃烧着我的心。

爱情给我带来如此大的痛苦，
　　岂能治愈——仅仅双唇一吻？

如同我的心病实在难愈，
　　除非合为一体，两个灵魂！

布赫图里

（八二〇年至八九七年）

生死皆在叙利亚，塔伊部族人。曾受大诗人艾布·泰马姆提携。诗人为历任哈里发和文官武将歌功颂德，受到他们的保护和奖赏，特别受到哈里发穆台瓦基勒及其宰相法塔赫的厚爱和恩宠。诗人有诗集传世，称《金链集》。此外，编有《激情诗集》。其诗既体现了游牧人的气质，又受新文明的影响，立意新颖，描写细腻，音调铿锵和谐。

爱情中就是有尊贵也有卑贱

请到阿勒颇向马努莎地方问安！
　　在那里有阿勒娃的家园。

一个自负的女人，对于爱情，
　　我慷慨，她悭吝，我近，她远。

我本尊贵，却变得低三下四，
　　爱情中就是有尊贵也有卑贱。

伊本·穆阿台兹
（八六一年至九〇八年）

生于萨迈拉，死于巴格达。出身于哈里发王族世家。在当时权势斗争中，仅做过一天的哈里发即被杀。诗人自幼受名师传授，不到十岁即开始写诗，师承布赫图里，崇尚古诗的传统风格。他善于描写自然景物之美，如星、云、园圃、骆驼、马等，善用比拟、借喻等修辞手法，文字上精雕细刻，臻于精妙。他谙熟音乐，故其诗铿锵和谐，悦耳动听。

当　初……

当初与你相爱，相亲，
　　　一切我都牢记在心，
——香风的问候，
　　苹果的咬痕。

还有麝香封的书信，
　　　多么有趣，多么温馨，
有对烦恼的描述，
　　　折磨的是两个灵魂。

它们好像是符咒，
　　　时时不离我身，
于是不论清早还是黄昏，
　　　我都如醉如迷，好似狂人。

疯狂之最

责备我的人啊，且慢责备！
　　你们先看看她脸庞有多美！

你们可曾见过有谁美过她，
　　若见过似她的再将我责备。

我并没有发疯，只是痴情，
　　为情而痴者则是疯狂之最。

发誓相互再也不离弃

我们时而相聚在一起，
　　发誓相互再也不离弃。

我说：来呀，小舒莱！
　　让我们似酒水合为一。

长吻使我俩默无一语，
　　直至雄鸡报晓两声啼。

我有一面想念你的镜子

在权杖上方悬着的月亮，
　　高傲地不看情人的模样。

我从未见过人们中有谁，
　　美丽的能同小舒莱相像。

你可以去问问我的眼泪，
　　它知道我的相思和悲伤。

我有一面想念你的镜子，
　　从中我会看见你的脸庞。

我说——心中满是伤感[1]

我说——心中满是伤感：
　　你婚后就不能快点儿离散！

舒莱！你嫁给卖菜的也不足奇，
　　有时一条狗也会趴在太阳下面。

1　这是诗人得知情人嫁与他人后所作。

为了你，我对自己的心妒忌

为了你，我对自己的心妒忌——
　　你远离时，我看不到，它却能看见你；

我妒忌我的幻影，因为睡梦里，
　　我不能走，它却能向你走去；

还有春雨，能滋润你的一方荒地，
　　那莫不是同我一样，也为你哭泣？

我妒忌信使的眼睛，妒忌一封信，
　　它被拆开时，会触摸到你的手指；

我更妒忌刷牙棍的棍尖，
　　舒莱！它竟有幸享有你的芳唇玉齿！

我们有多少亲吻，多少拥抱……

我们有多少亲吻，多少拥抱，
　　偷偷摸摸地，防备监视者看到；

就像害怕看守园林人的鸟儿，
　　在偷偷地啄食熟透了的椰枣。

白　发

我的白发令她吃惊，就对我说：

　　"你当初是堂哥，如今成了伯伯。"

她嘲笑我，我就也反唇相讥：

　　"你当初是闺女，如今也成了婆婆。

"行了，别再让人病上添堵了！

　　何必对我多加指责！"

谁头发白了，歌妓们看见

　　都会装聋作哑，视而不见地躲。

如果人老与眼瞎二者由我选择，

　　"我宁愿眼瞎！"——我会说。

忠　诚

啊，我的宝贝，我的命！
　　来喝酒啊，杯莫停！

趁着老天未以死别，
　　给我们带来悲痛。

一旦我死了，报丧人也死光了，
　　你可不能对我不忠！

真正信守海誓山盟，
　　是在我死后表现出忠诚。

伊本·阿拉夫
（生年不详，卒于九三〇年）

　　原名艾布·伯克尔·哈桑·本·阿里，生于巴格达附近一个小乡镇。其父以卖苜蓿草为业，故诗人以伊本·阿拉夫（原意为饲料商之子）著称。他双目失明（一说一目失明），长期生活于巴格达，曾为哈里发穆阿台迪德的清客，是伊本·穆阿台兹的朋友。他殁于巴格达，年近百岁。其诗颇多，且好，亦有新意。但有人认为其诗过于矫饰。

我爱你而不知所措

我爱你而不知所措，
　　　唯有以笑自我安慰。
有时我一夜不睡，
　　　泄露秘密的是眼泪。

我的眼睛干渴难耐，
　　　我却阻止它去饮水。
心中对你一片痴情，
　　　我却偷偷掩起心扉。

我奇怪：自己的眼睛
　　　为什么总对所爱留恋不归，
却没有谁为我的心
　　　向你的心说情、做媒。

对你排遣不去的爱情啊！
　　　使我消瘦，让我憔悴。
别人都已进入了梦乡，
　　　唯有我彻夜不寐。

又译：

我强颜欢笑将对你的爱掩饰起，
　　　有时失眠，泪眼暴露我的隐秘。

眼睛虽渴望，我却阻止它看你，
　　我把自己的爱意深藏在了心底。

我奇怪，眼为何停在爱上不去，
　　却没人替我的心向你传达情意。

对你的痴情折磨我，让我憔悴，
　　别人都在梦乡，我却彻夜难寐。

又译：

我用笑掩饰对你的爱情，
　　失眠的泪水却暴露隐衷。

我让渴望的眼不去看你，
　　把炽烈的感情埋在胸中。

怪哉！我的眼睛一直在爱，
　　你的心却为何不为所动？

爱情的火要把我烧化了，
　　别人睡时我却瞪着眼睛。

杰哈翟
（八三九年至九三八年）

民间诗人。原名艾布·哈桑·艾哈迈德，是曾辅佐阿拔斯王朝的波斯巴尔麦克家族的后裔。他貌丑，两眼突出，故以"杰哈翟"（意为凸眼的）著称。他一生贫困，以弹冬不拉行吟卖唱为生。他多才多艺，聪明机智，幽默诙谐。其诗通俗易懂，生动有趣，被人们广为传唱。其诗反映了当时下层人民的疾苦，具有较强的人民性。

她见我时……

她见我时不禁愕然——
　　我竟骑在一头癞驴上面，
那驴背上生疮，
　　遍体瘦弱不堪。

过去则总是高头大马，
　　每匹都雄壮、矫健；
奔跑起来轻盈如飞，
　　令人看来如画一般。

我说：你何必惊奇——
　　对我，对这岁月流年，
纵然它对我不公，
　　使我生计多艰。

倒是那一群狗
　　应当令你惊叹，
用诗歌和冬不拉
　　我侍候了他们九十年！

恋　情

我对她说：

　　你醒着时对我吝啬，

那在梦乡里

　　请对痴情人多施舍！

她对我言：

　　你竟变得如此贪婪，

闭上了睡眼

　　也企望在梦中相见。

胡布祖乌尔吉

（生年不详，卒于九三九年，一说卒于九四二年）

民间诗人。生于巴士拉。原名奈斯尔·本·艾哈迈德，因在巴士拉郊区米尔拜德集市设店卖大米面做的大饼为生，故以胡布祖乌尔吉（原意为大米面饼师傅）著称。他是文盲，不会读书写字，却能出口成章。为人风趣幽默，故人们常挤在他门前听他念诗讲笑话。其诗多为情诗，亦有哲理诗，语言通俗易懂，浅白如话，又诙谐活泼，故不胫而走，风靡一时，在民间广为传诵。他曾去巴格达，住过很长一段时间。关于其死，一说，他曾写诗讽刺邮政大臣，故被淹死；一说，他逃离巴士拉，死于巴林。

新月和情人的脸庞

新月和情人的脸庞,
　　在我看来都是月亮。

天上的月,人间的月,
　　让我难分,令我惆怅。

若非两颊绯红,
　　若非秀发发亮,

我会把月亮当成情人,
　　又会把情人当成月亮。

幽　会

朋友！你们可曾
　　　听说或曾看见
有谁比这更可贵——
　　　主人把奴仆探。

她事先未约定
　　　就前来将我看。
并说：这样可免去
　　　你把约会挂心间。

我们俩共饮合欢酒，
　　　你一杯，我一盏。
杯盏绕着幸福、
　　　吉祥的轨道在转。

一会儿咬一口
　　　那苹果在腮上面，
一会儿吻一下
　　　那水仙在眼间。

赛瑙伯雷

（生年不详，卒于九四六年）

生于叙利亚地区的安塔基亚。他性好漫游，信奉什叶派。曾任赛弗·道莱的图书馆馆长。其诗汲取著名诗人艾布·泰马姆、布赫图里、伊本·鲁米、伊本·穆阿台兹等诸家之长，独树一帜，以写田园、自然风光的诗歌最为著名。由于他对大自然的美有深厚的感情，观察仔细，描写细腻、生动、形象、富于想象，被认为是阿拉伯田园诗歌的一代宗师。

情入心扉日益深

情入心扉日益深，
　　原为虚情今成真。

我曾自诩性坚忍，
　　情爱面前败下阵。

负于弱女不必奇，
　　情使羚羊胜狮心。

终生爱你爱终生，
　　失你如同失掉魂。

希布里

（生年不详，卒于九四六年）

　　著名的苏菲派诗人。祖籍呼罗珊，突厥血统。生于萨迈拉，死于巴格达。其父曾任哈里发宫廷侍卫长，舅父曾在埃及亚历山大任总督。诗人早年亦曾混迹于官场，四十岁后开始出世苦修，追随当时巴格达的苏菲派大师俊耶德（生年不详，卒于九一〇年）。为避免迫害，曾一度装疯进入疯人院。晚年设坛宣教讲道。

痴情人葬在衣服下面

人们的坟墓是埋在土中，
　　痴情人则葬在衣服下面。

我纵然任泪水流淌部分，
　　江河湖海也会随之泛滥。

艾布·卡西姆·台努希
（八九二年至九五三年）

生于安塔基亚。在家乡学过教法。约于九一九年到巴格达，随后任巴士拉、阿瓦士的宗教法官。后去哈姆丹王赛弗·道莱处，为其写颂诗，受到款待。此后又向巴格达当局写信，得到确认后，曾在多处任宗教法官。死于巴士拉。他熟记《圣训》，精通教法，且对工程、天文亦有研究。曾写过两本有关诗歌韵律学的专著和许多有关教法的论著。

相思之夜

有时一个相思者的夜晚，

  好似被沉睡的星星夺走了睡眼。

不眠的眼睛总望着星空，

  又好似眼睛也变成了星星一般。

晨光熹微，夜色时隐时现，

  好似一个黑人绽开了笑脸。

麦 蒙

（七八六年至八三三年）

又译马蒙，阿拔斯王朝第七任哈里发。在其父哈里发哈伦·赖世德死于八〇九年后，曾与其兄艾敏（一译阿明）上演过一场兄弟阋墙之战，经过四年斗争，击败了艾敏。在其统治时代，阿拉伯帝国是当时世界无可争议的头号大国。通过著名的"百年翻译运动"与"智慧宫"等，使阿拉伯伊斯兰文化进入了鼎盛时期。

羚羊猎取了我

我去猎羚羊，却让她猎取了我，
　　好一只羚羊，珠黑睛亮，闪动秋波。

那羚羊前额好似悬着明月，
　　两腮却如同有星星闪烁。

她的箭矢射中了我的心，
　　人中羚羊的箭出自她的眼窝。

啊，谁见过羚羊也会打猎，
　　谁又见过猎人被猎却无可奈何。

海利勒·本·艾哈迈德

（七一八年至七八九年，伊历一〇〇年
至一七四年）

　　著名的阿拉伯语言学家，生于巴士拉。他首创
阿拉伯诗歌的韵律学，将阿拉伯格律诗厘清并制定
为十六种格律。同时他编纂的《阿因书》也是最早
按字母顺序编纂的阿拉伯语词典。编写出第一部阿
拉伯语法的波斯裔学者西伯韦（生年不详，卒于
七九六年）是他的学生。

家与心

人们说: 这真是怪事一件:
　　情人家近了你却愁眉苦脸。

我就说: 家近了又有何用,
　　——如果心与心相距甚远?

迪库·金
（七七八年至八五〇年）

原名阿卜杜·赛拉姆·本·赖厄班，迪库·金是其号，原意为"精灵的雄鸡"。生于叙利亚地区的霍姆斯。信奉什叶派。他认为人生应及时行乐，对宗教持有一定的怀疑态度。他追随"舒欧比派"，即认为阿拉伯人不应优于其他各族。他写有不少咏酒诗和情诗。其诗颇重雕饰。诗人艾布·泰马姆曾受过其指点。

送　别

临别为她送行，我的肝难受，
　　她痛苦地紧紧握着我的手。

她远去那天，心儿实难忍，
　　于是眼中泪水潸然往下流。

医生不知情，摸手诊为脉，
　　我说："放开手吧！爱情在心头！"

穆罕默德·本·乌海布
（生年不详，卒于八五四年）

生长于巴士拉，后居于巴格达。最初在诗坛碌碌无闻，后以颂诗先后为哈里发麦蒙、穆阿台绥姆及各地总督歌功颂德而闻名。据载，遗有诗集，有一千拜特（联句）。其诗自然淳朴、清奇典雅。题旨除赞颂外，还有哲理、恋情、讽刺、矜夸等。

好像岁月是她的相好

每当我期望同她结好，
　　总会有什么将我阻挠。

岁月为她总同我过不去，
　　倒好像岁月是她的相好。

台米姆·本·穆伊兹

（九四八年至九八四年，伊历三三七年至三七四年）

　　法蒂玛王朝（九〇九年至一一七一年，中国史称"绿衣大食"）王子，是该王朝第四任哈里发穆伊兹（九五二年至九七五年在位）之子。生于马赫迪城（位于突尼斯凯鲁万东南）。九七三年，诗人时年二十五岁，随父穆伊兹前往新都开罗。台米姆生性放荡不羁，性喜声色犬马，不拘形迹，故虽为太子，其父却未将王位传与他，而传与其弟阿齐兹（九七五年至九九六年在位）。台米姆诗作颇丰，且多长诗。诗风近似伊本·穆阿台兹，善用比拟、借喻等修辞手法，用词精准、流畅。题旨多样，有赞颂、矜夸、描状、悼亡、怨世等。但其情诗与咏酒诗则有些像艾布·努瓦斯。

爱情一直有令人痛苦的相思

爱情一直有令人痛苦的相思，
　　还有让人肝肠寸断的悲戚，

直至远离伤害了我们的亲密，
　　拆散了我与她结下的情谊。

啊！心中情思、痛苦似火在烧，
　　使我实在无法再忍受下去。

她流下的泪珠滴滴带血，
　　开口不禁仰天叹息：

"别要我说安好的话语！
　　离开你，我不再有灵魂和肉体。"

穆太奈比

（九一五年至九六五年）

生于库法城，祖籍也门。诗人早年企图凭借诗才求功名未能如愿，遂自称"穆太奈比"（原意即"假先知"），鼓动并领导部分游牧民造反，结果被囚禁两年。获释后曾四处行吟，先后为四十余名王公贵族歌功颂德。公元九四八年为阿勒颇的哈姆丹王赛弗·道莱赏识，君臣相处达九年之久，是其诗作最盛时期。诗人有诗集传世。其诗劲健新奇、富于哲理，对后世影响很大，不少诗句成为脍炙人口的格言、警句和成语。

羚羊之美，山羊望尘莫及

城里美女的艳丽风姿，
　　怎能与素静的牧女相比。

城里美女是脂粉涂成，
　　牧女天赋之美不靠粉黛娥眉。

羚羊之美，山羊望尘莫及，
　　眉目体态都无法与之比拟。

我愿为旷野的羚羊而献身，
　　她们不咬文嚼字，也不涂脂描眉。

红颜会老

何不给我们一点儿美貌，

　　因为红颜虽然很美，毕竟会老。

在这世上与我们相互交好吧！

　　因为存在于世的时间实在太少。

又译：

你的美貌请让我及时欣赏，

　　因为玉容虽美却会变样；

让我们在世间相互交往吧！

　　因为人生在世并非久长。

赛弗·道莱

（九一六年至九六七年）

生于马亚法里根，是叙利亚哈姆丹王朝最强大的国王。九四五年从伊赫什迪王朝手中夺取阿勒颇，并把权势伸延至叙利亚北部；九五三年曾大败拜占庭。后因患半身不遂、尿潴留等症，病死于阿勒颇。他在位时，招贤纳士，将当时一些著名诗人（如穆太奈比、艾布·菲拉斯等）、哲学家、科学家都集于其门下，使他治下的阿勒颇成为当时著名的文化中心。他有较高的文学修养和对诗歌的鉴赏水平，且有一些诗作传世，其诗一般。其主要功绩在于对诗人的奖掖、鼓励，促进了当时的诗歌繁荣。

许多眼睛都在盯着我与你[1]

许多眼睛都在盯着我与你，
　　使我怎能不对你更加珍惜。

啊，我的宝贝儿！我看责难者
　　为了你，总是对我一味地妒忌。

因此，我希望你能够离远一些，
　　而我们之间的爱情却永存不移。

有时，分别是为了害怕分别，
　　有时，离异是出自担心离异。

1　诗人曾宠幸一位美丽的宫女，引起其他宫女的妒忌，诗人担心她们加害于
　　她，于是将她转移至一座城堡。这首诗为此而作。

他鲜血伴随泪水流淌

他鲜血伴随泪水流淌，
　　你亏待他到何时收场？

收回你对他投来的目光吧！
　　那目光似利箭，已把他伤。

想起你要离去他就痛苦，
　　你让他又怎么能够坚强！

艾布·菲拉斯·哈姆达尼
（九三二年至九六八年）

生于摩苏尔一王宫贵族家庭，幼年父亲被害，被堂兄、姐夫阿勒颇王赛弗·道莱抚养。自幼即能诗善骑。九五九年，随赛弗·道莱征战罗马人时受伤被俘，逃脱后，于九六二年再次被俘，四年后才获释。赛弗·道莱死后，诗人与其子发生冲突，被杀。诗人有诗集传世，一八七三年首次于贝鲁特印行。其中最著名的是《罗马集》。其诗感情真挚、细腻，语言生动、感人。

我的心对他思念

我的心对他思念，
　　　是啊，又对他垂怜。

他无论怎样想入非非，
　　　我都觉得情有可原。

我怎么能控制我的心？
　　　这心已在他那里抵典。

我怎么能称他为我的奴仆？
　　　我的一切都听凭他管。

泪水是我的语言

她用眼神告别，
　　害怕监视的人看见。
我也同样送别，
　　怕小人挑拨离间。

我没有公开地
　　同她说声再见，
但眼睑是我的嘴，
　　泪水是我的语言。

库沙基姆
（生年不详，卒于九七〇年）

　　祖籍印度，生于巴勒斯坦腊姆拉。曾浪迹耶路撒冷、大马士革、阿勒颇、巴格达、开罗等地。曾为王公贵族歌功颂德。有诗集传世，一八九五年在贝鲁特首次印行。其诗奉现实主义手法，多写具体生动细节，又擅长描写自然景物。

真想成为他手下的纸

有一次我见到他写错了字，
　　用口水设法把那错误涂去；

于是真想成为他手下的纸，
　　并希望他永远没有写对时。

卡布斯·本·瓦什凯米尔
（生年不详，卒于一〇一二年）

亦称卡布斯·德莱木，祖籍德莱木人，王室贵族出身。公元九七七年以武力取得统领戈尔甘和太巴列斯坦地区的埃米尔位。因与波斯布韦希王朝有矛盾，而一度被废黜（九八二年至九九八年），又因专制独裁，引起部下不满，遂于公元一〇一二年被废并被杀。他为当时一学者、诗人、作家，懂天文学。其诗不多，善用奇谲的比喻；散文则富有哲理性。

钟　情

对你的思念
　　引起我的钟情，
我觉得渴望
　　在心中爬行。

我的每个器官
　　都充满了爱情，
好像我的全身
　　由一颗颗心组成。

谢里夫·赖迪
（九七〇年至一〇一六年）

　　生于巴格达。他以诗歌参与了当时的各派权势之争，为什叶派圣裔贵族的领袖。他企图登上哈里发宝座，终未达到目的。他有诗集传世，一八八九年于贝鲁特首次印行。他将游牧时代古诗的质朴、刚健与城居文明时代诗歌的温柔、细腻、华丽融为一体。他受诗人穆太奈比的影响颇大，在诗中抒怀咏志，情真意切，悦耳动听，尤以《希贾兹集》的情诗著名。

我渴望与你相见

我渴望与你相见
　　　——每天每天，
我询问你的到来
　　　——每个时间。

我回想过去的一切，
　　　于是耐心骤减，
泪水总止不住，
　　　沉默把秘密揭穿。

我有一颗心，
　　　一旦想到会见，
对那拆散分离的手，
　　　总是不断抱怨。

我经过他们旧日的营房

我经过他们旧日的营房，
　　她的旧居已遭破坏掠抢。

我站在那里，直至伙伴累得直嚷，
　　驼队也纷纷责备我停的时间太长。

我不断地回眸顾盼，
　　废墟消逝了，心还在回望。

又译：

我经过她家昔日的营房，
　　只见一片废墟，满目荒凉。

我久久地立在那儿，无限怅惘，
　　直至骆驼都不耐烦了，伙伴们吵吵嚷嚷。

我一路不停地回头看，
　　废墟消逝了，心还在向后张望。

啊，山坡上的那个夜晚……

啊！山坡上的那个夜晚可能重演？！
　　——一夜春雨绵绵淅沥下个不断。

过去的岁月如果可以赎回，
　　我愿付出群马、驼、羊——宝贵的财产。

还给我那些逝去了的夜晚！
　　我没忘记，也不会忘记，直至永远。

对那些责难者，我要说：
　　先尝尝爱情的滋味，再来责难！

一只毫无装饰、温馨的羚羊，
　　窈窕婀娜的身姿岂能不令人顾盼。

即使她徜徉在天房的庭院里，
　　我也会猎取她，不惜将教规违犯。

守 约

不知情人远离，是不是
　　都像我一样感到悲伤。

但愿我心爱的人别像这颗心
　　成宿受煎熬，辗转到天亮。

他们走后，这种忍耐、坚强
　　都不过是矜持，装模作样。

他们何时重返家园，
　　会发现我的心一如既往。

你是幸福，也是磨难

丛林中的羚羊啊！请你喜欢，
 　如今你的牧场是这片心田。

你的水可供别人解渴，
 　供你饮用的唯有我的泪眼。

射手在祖赛莱姆，中箭者在伊拉克，
 　啊，你的射程可真远！

相见时，你秋波闪闪，
 　吐露出心中的妙语美言。

忧伤时，你的眼神仿佛在告诉我，
 　那些为你而丧生者长长的名单。

你是我心中的幸福，也是磨难，
 　在我心里你是多么苦，又是多么甜！

我记不起有多少封思念的信，
 　若非有人监视，我早将它们送到你的嘴边。

请您代替我哭一场吧!

行色匆匆的赶路人!
　　相思苦恋者有事拜托您:

请您代我向穆萨拉[1]人致意,
　　因为问好也是相见的一部分。

若是有人向您问起我,
　　您说:为情憔悴,如今怕他已不复存。

我的心丢失了,请您在朝觐的人中,
　　在一些人的眼中,为我找寻。

请您代替我哭一场吧!
　　从前我也曾将泪水借给过情人们。

1　穆萨拉:原意是"礼拜的地方",地名,在麦地那近郊。

从我的眼中你可探知我的心

艾志赖耳的羚羊啊！
    你吃的不是青草，而是我的心。

你常使我泪如泉涌，
    清洌甘美，可供你饮。

一旦远离，你是我的忧愁，
    近在身旁，你是我的苦闷。

我不会让这颗心追随别人，
    从我的眼中你可探知我的心。

好像你从我的眼中迁入了我的心田

我一眼望去，
　　没见到我之所爱在身边。

心想：纵然你可以在我眼前消失，
　　但要从我心中消失却千难万难！

我原想：只有远离才会有思念，
　　岂不知情思并不受远近所限。

左也思，右也想，情怀已被你占满，
　　好像你从我的眼中迁入了我的心田。

情不自禁的心

啊，有一位姑娘
　　竟问起我是谁？
倒好像战争中
　　我未将她的亲人保卫。

如果在爱情方面
　　我默默无闻——由于卑微，
可在别人那里
　　我却大名鼎鼎——由于尊贵。

你不要惊奇，
　　疲惫竟使我如此憔悴，
因为爱情是强大的，
　　我在它面前则软弱无力。

一支大军听到我的名字
　　会胆战心惊，魄散魂飞，
但一颗情不自禁的心
　　却会让我回头服从美女的指挥。

艾布·哈桑·帖哈米

（生年不详，卒于一〇二五年）

　　生于麦加或其附近一带，出身下层百姓。他曾带着一些秘密书信潜入埃及，旨在煽动游牧的伯尼·古拉部落向法蒂玛王朝造反。事泄被捕，监禁于开罗监狱，两星期后被秘密处死，时为公元一〇二五年。其诗虽不多，但为上品。语言通俗、流畅，善于夸张。

你在我的心间

我真奇怪：你额头上的汗水，
　　　怎么会浇不熄脸颊上的火焰？

我的眼见到任何可爱的东西，
　　　总有你的脸庞在那前面出现。

你烧吧！只求你放过我的心不要管，
　　　我是为你担心，因为你在我的心间。

瓦齐尔·马格里比

（九八一年至一〇二七年）

原名艾布·卡西姆·侯赛因。其祖先可能是马格里布人。其祖父曾任阿勒颇王赛弗·道莱的文书，其父则在阿勒颇王国任过宰相。诗人本人曾在几个埃米尔处任过宰相。一〇二七年死于马亚法里根。他除作为诗人写过很多颂诗、挽诗、情诗……外，还是一位学者、作家。

我对她说……

我对她说——驼轿已经备齐：
　　要忍耐！我此行可能遥无归期。

我要付出大好青春年华，
　　去追求荣华，创建功绩。

日子是我生命的组成部分，
　　让它们白白流逝岂不可惜！

艾布·法拉季·本·辛杜
（生年不详，卒于一○二九年）

　　生于古城拉伊（今属伊朗，位于德黑兰东南）一名门世家，祖籍可能是印度。他曾负笈求学于呼罗珊首府内沙布尔城。曾做过布韦希王国苏丹阿杜德·道莱的宫廷文书。诗人晚年颇感怀才不遇，死于戈尔甘。其诗多为写景状物诗和情诗。语言流畅、甜美，富有情感。

一只小羚羊令我失去矜持

一只小羚羊令我失去矜持，
　　人们都对她凝眸而视；

她的脸就是美的天房，
　　她的心就是我的玄石。

米赫亚尔·德莱米

（九七〇年至一〇三七年，伊历三六〇年至四二八年）

　　祖籍是波斯靠近里海的德莱姆地区，米赫亚尔·德莱米原意就是德莱姆人米赫亚尔。他成长、受教育于巴格达，原为祆教（拜火教）教徒，后改奉伊斯兰教。著名诗人谢里夫·赖迪见他天赋极高，又勤奋好学，故对他精心打造，竭力训育，以致把他培养成了一位出色的诗人。其诗作颇丰，语言优美、典雅，音律和谐、流畅。

泪水会揭露我的情愫

就算是我能掩饰心中的情愫，
　　可是泪水还不是会将我揭露？

关于你的事我可以闭口不谈，
　　但是眼中泪水我却无法管住。

类　似

当我满目凄凉，
　　与孤寂相对，
见到能联想她的东西，
　　我会感到安慰。

我会拥抱摇曳的树枝，
　　为她苗条的腰围；
我会亲吻酒杯的杯口，
　　把它当成她的小嘴。

麦阿里

（九七三年至一〇五七年）

生于叙利亚的名门望族。幼年时因患天花，致使双目失明。一〇〇七年去巴格达，虽曾在文坛学林名噪一时，但遭人嫉妒，又闻母病而返故里。因失明在家，与世隔绝，而自称"双料囚徒"。有诗集《燧火集》《鲁祖米亚特》。其诗反映了诗人愤世嫉俗，对当时政治腐败、社会混乱的强烈不满，也表现出诗人崇尚理性，反对迷信，对传统进行大胆挑战的精神。

爱恋的痛苦

我遭遇爱恋的痛苦，最苦不过
　　情人在近旁，却不能与之结合；

如同荒原中的骆驼干渴得要死，
　　而甜美的水就在它们脊背上驮。

扎菲尔·哈达德

（生年不详，卒于一一五四年）

祖籍也门。生于埃及亚历山大，曾传承父业，做过铁匠。但他自幼就聪明好学，性喜缀文赋诗，于是同一些权贵攀上关系，为他们歌功颂德。其诗良莠不齐。他有诗集传世，多为颂诗和挽诗。其情诗和对自然的描状诗也写得很好。

如果真能忍耐下去……

如果真能忍耐下去，
　　就不会有泪流如雨。

谁若想要安全无恙，
　　一定要将秋波躲避。

不要让那种冷漠欺骗自己，
　　品味那目光可是心病难医。

啊，从美丽的羚羊眼中，
　　射出一支支穿心的箭矢；

你嘴里闪烁的珍珠是谁穿的？
　　又是谁酿造的那些琼浆玉液？

苗条的身材怎会像枪杆般直？
　　那秋波又是什么钢制的箭矢？

当心别让你的身体融化了！
　　我真怕丝绸衣服会有伤玉体。

瓦瓦·哈赖比

（生年不详，卒于一一五六年）

生于阿勒颇与门比季之间的布扎艾镇。在阿勒颇长大并受教育。常去大马士革讲授语法，讲解《穆太奈比诗集》。死于阿勒颇。他能诗善文，精通语法。其诗多为情诗和挽诗。

抵挡不住明眸秋波

难道他们以为已远离了我？

　　实际上却住进了我的心窝。

他们一去，睡眠随之而去，

　　他们在时，他们就是生活。

亲爱的人为什么总爱远离？

　　兄弟之间为何总违背承诺？

他们说："岁月使你变得憔悴！"

　　岂不知是他们帮助岁月折磨我。

面临着刀枪，人仍旧可活，

　　但却抵挡不住明眸秋波！

穆艾耶德·艾鲁西
（一一〇一年至一一六二年）

　　生于幼发拉底河畔的艾鲁斯镇。青年时代到巴格达入伍做一小军官。曾为伊拉克当时的王公贵族写颂诗，并因追随塞尔柱王朝苏丹迈斯欧德·本·穆罕默德（一一三三年至一一五二年在位）而富贵。后因出言冒犯了阿拔斯王朝第三十一任哈里发穆格台菲入狱十年，因长期在黑暗中生活而致双目失明。获释后离巴格达去摩苏尔，并死于那里。他为当时名诗人之一，其诗时有新意，并易入乐歌唱。题旨有赞颂、恋情、讽刺等。

最有味道的爱情正在于不公

爱情使一个傻小子把心里话表明，

　　赛勒玛若同意与他好，他会更加发疯。

我求真主把亏待我的冤家存在驼轿中，

　　我爱她，最有味道的爱情正在于不公。

她却不肯同我相会，说："让他想象去，

　　这就够了！否则就相见在梦中！"

一个急不可耐的人享受不到睡眠，

　　他又怎么能企望会做出美梦？

达拉勒·库图布
（生年不详，卒于一一七二年）

　　祖籍麦地那，生于巴格达北一个叫哈最莱的小乡镇。曾在巴格达做过书商（抄写与贩卖书籍）。他博学多才，曾编纂过多种类书，如《妙言集》《谜语集成》等。其诗多为抒情短诗，有情诗、咏酒诗及写同性恋的骚情诗等。清奇、婉丽是其诗的特点。

强烈的思念

强烈的思念使我真想，

　　借鸟儿的翅膀向你飞去。

没有你在的幸福没有滋味，

　　没有你在的欢乐没有乐趣。

他一走⋯⋯

他一走，我苦得不知如何是好，
　　不熄的火焰把我的心都要烧焦。

他却说：我远离你倒会轻松些，
　　太阳若非远，阳光会把一切烧掉。

嘎迪·法迪勒
（一一三四年至一一九九年）

阿拔斯王朝文学家、诗人。生于巴勒斯坦的阿什克伦，后至开罗，被艾尤卜王萨拉丁赏识，任为大臣、文书、参事。他才思敏捷，斐然成章。其散文自成一家，影响颇大。有诗作传世。

啊，这双眼！

啊，这双眼！人家睡了，你干吗要不眠？

  啊，这颗心！人家冷淡，你干吗要热恋？

谁肯出钱将我这低廉的一生买去，

  付给我与你高贵地结合，只一天？

我责备她，她脸颊羞红了，

  心却仍如顽石，丝毫不肯软。

伊本·赛纳·穆勒克

（一一五〇年至一二一二年）

艾尤卜王朝宗教法官、诗人。生于开罗富贵之家。曾师随嘎迪·法迪勒，深受其影响与赏识。此后在诗歌风格方面又效仿艾布·泰马姆、穆太奈比等大诗人。其诗题旨有矜夸、描状、恋情、赞颂等，但以在阿拉伯东方擅长作彩锦诗著称于诗坛。他的书牍体散文也很好。有诗集与文集传世。

杨柳、羚羊都无法与你比美

杨柳、羚羊都无法与你比美，
　　人们再怎么说也没有你妩媚。

你嫣然一笑，露齿好似璎珞，
　　但那一颗颗都是珍珠、宝贝。

有人责备我说：听劝，别痴迷！
　　于是我说：你没见她有多美丽！

伊本·法里德

（一一八一年至一二三四年）

原名欧麦尔·本·阿里，祖籍是叙利亚的哈马，生于开罗。他信奉苏菲派（亦称神秘派）教义，在开罗郊区穆盖泰姆山下离群索居，昼夜苦修。他还曾去麦加修行达十五年之久。回开罗后，声誉鹊起，被尊为"圣徒"，死后葬于穆盖泰姆山下，至今仍有人去其陵墓拜谒。著名的诗作是《酒颂》和《修行吟》。其诗被苏菲派奉为经典，常在宗教仪式上配乐歌唱。

为了你⋯⋯

为了你，妒忌
　　总萦绕在我心间，
求你切莫让我
　　胡思乱想，整夜不安。

问问夜晚的星星：
　　瞌睡可曾光顾我的眼睑？
它们从不相识，
　　怎会拜访、相见？

再提提我之所爱

再提提我之所爱，哪怕是责备！
　　情人的话题似美酒，总令我醉。

非难我热恋的人好似向我道喜，
　　纵然我并不希望自己会被搭理。

爱情使我痛苦，遍体鳞伤，卧床不起，
　　我被杀死了，秋波似箭，何其犀利！

又健康，又有病，我浑身软弱无力，
　　在她面前，我要多憔悴有多憔悴！

我愿为你献出生命

啊，夜间的访问者！
　　我愿为你献出生命。
一旦夜深人静，
　　是你慰藉我孤寂的心灵。

如果伴随晨曦的到来，
　　我们就要各自西东，
那么我愿从此以后，
　　永远不要曙光、黎明！

爱可并非易事

爱可并非易事，
　　劝君不如逃离，
聪明人都不愿，
　　为它受苦受罪。

何不活得没心没肺，
　　因为爱的舒适正在于累。
病是它的开头，
　　死是它的结尾。

谁不能为爱而死，
　　就不会尝到爱的滋味。
若非为了酿蜜，
　　蜜蜂何苦东奔西飞。

杰马鲁丁·本·奈加尔

（一一九四年至一二五三年）

阿拔斯王朝后期艾尤卜王朝诗人。生于大马士革。曾随名师学过诗文，并研究过《圣训》学。早年曾去巴勒贝克，任官府文书。亦曾去过阿勒颇、巴格达，到过亚历山大，并在当地主持过"圣裔联谊会"。死于大马士革。他能诗善文。其诗多为情诗、描状诗和哲理诗。诗风清奇、婉丽。

凭真主起誓，焉能？！

怎么称那是目光频频——
　　分明是箭，射自那该死的眼睛。

又如何能把这叫作恋爱、相好，
　　实际上明明是在要人的命。

我的心问："忘了吧？"我若说："嗯！"
　　它则会说："凭真主起誓，焉能？！"

白哈·祖海尔

（一一三五年至一二五八年）

生于麦加附近的枣椰林谷地，后随家迁入埃及，受到艾尤卜王萨里赫的赏识，随其到大马士革上任。当萨里赫一度被篡权期间，诗人仍效忠于他，故而被国王视为心腹，任为枢密文书。晚年失宠，贫困潦倒。诗人有诗集传世，曾多次在开罗、贝鲁特印行。他的诗中以情诗最著名，特点是轻松、活泼、诙谐有趣，读起来悦耳动听，富有韵味。

我为你受折磨要到几时？

你活得逍遥自在，
　　我实在与死无异。

我眼中的光啊！但愿你
　　不要遇到与我同样的遭际。

我发现你的远离
　　与我死去毫无二致。

最好的人啊，告诉我：
　　我为你受折磨要到几时？

我听说过有关你的流言蜚语，
　　啊，真主！但愿那些话不是真的！

我对你一片真情，真心实意，
　　你对我千万不要爽约，背信弃义！

我的一切都已奉献给你，
　　毫无保留，没有余地！

心在抱怨您的离走

心在抱怨您的离走，
　　爱却在为您找理由。

若是见到您在我心中的位置，
　　那一定会让您喜上心头。

亲近些，不要疏远！
　　求真主让您长寿！

杰马鲁丁·本·迈特鲁赫

（一一九六年至一二五一年，伊历五九二年至六五〇年）

　　艾尤卜王朝诗人。生于上埃及的艾斯尤特，并在那里及古斯长大、求学。他以诗歌颂古斯的长官，求取功名。一二二九年到开罗，追随艾尤卜王国太子萨里赫，直至一二四五年萨里赫在大马士革执政，诗人被任为宰相，显赫一时。一二〇五年，穆斯林大败十字军于杜姆亚特，并俘路易王九世，囚于伊本·鲁格曼家。诗人为此写下《你们要当心她那秋波闪动》，颇有名。

你们要当心她那秋波闪动

你们要当心她那秋波闪动，
　　谁能逃过那眼神脉脉含情？

那乌黑的眸子顾盼有神，
　　能够摧毁一切白刃剑锋。

你们别被她的柔声细语所骗，
　　美酒佳酿恰会让人失去理性。

她是那样清纯、楚楚动人，
　　让同伴与明星都为之眼红。

她的脚镯若想知道耳环的信息，
　　好在辫子可为她们联系、沟通。

赛弗丁·穆什德

（生于一二〇五/〇六年，卒于一二五八年）

生于埃及，祖籍为突厥籍的王公贵族。曾在不同的衙署任职，并一度在大马士革任督办。死于大马士革。为人风趣，平易近人。有诗集传世。其诗浅白如话，擅长抒情，多为情诗。

对你的爱无法藏在心间

对你的爱无法藏在心间，
　　　对你的情比甘泉还要甜。

每日每夜，总是对你思念，
　　　愈来愈甚，不管是近是远。

纵然居处遥遥隔开你我，
　　　但思念却令我辗转难眠。

啊！真主若能让你近在身边，
　　　我发誓，我会绝对不再抱怨。

忆起当年我们聚首那段时间，
　　　我的心立刻惆怅，泪水涟涟。

啊，我们若能重聚一次该有多好！
　　　我会将离别残留下的心献与君前！

伊本·阿卜敦·米克纳西
（生年不详，卒于一二六一年）

　　生于西北非的米克纳赛市（现属摩洛哥），并在那里成长。自幼好学，精通教法与语文，是当时马格里布（西北非）地区能诗善文的大家之一。擅长写轻松、幽默的情诗，亦精于写景状物。

爱情的故事

恋爱开始是荒唐，
　　从此以后是惆怅。

爱情有益亦有害，
　　是天堂，是疯狂；

是安乐，是灾殃，
　　是希望，是死亡。

劝君清心勿动情，
　　情入心扉难提防。

否则为情去献身！
　　钟情而死又何妨！

伊本·齐拉格

（生于一二〇六/〇七年，卒于一二六二年）

　　生于摩苏尔。曾任摩苏尔行署书记官。鞑靼人占领摩苏尔时被杀。诗多写景物、恋情、咏酒，亦有部分怨世诗，并有一些"彩锦诗"。诗中颇为重视雕琢。除诗外，他亦是位散文家。

她婀娜的身姿……

她婀娜的身姿犹如嫩树枝，
　　她的秋波如同利剑把心刺。

她让我们看到在她的两鬓与前额，
　　黑夜与晨曦如何相连在一起。

每逢她亲吻手中的酒杯，
　　又可看到红日与银月怎样合二而一。

为情而洒的泪珠与她的珠齿相比，
　　轻贱得简直不值一提。

啊，那是一条多么美丽可爱的河谷哟！
　　纵然玉胸、媚眼也会置我们于死地。

安达卢西亚

（七一一年至一四九三年）

艾扎勒

（七七二年至八六四年，伊历一五六年至二五〇年）

　　原名为叶哈亚·本·哈克姆，"艾扎勒"原为其绰号，意为"羚羊"，诗人因英俊潇洒、风度翩翩而得名。他生于现为西班牙南部的哈恩。早年放荡不羁，沉湎于声色，又嗜酒无度，直到六十岁后才戒酒修行。他为人聪明好学，在青少年时代在科尔多瓦学习过，亦曾负笈到过阿拉伯东部地区游学，很快显露出能诗善文的天赋。他在安达卢西亚后伍麦叶王朝颇得宠，曾受命出使到拜占庭（东罗马）的首都君士坦丁堡和丹麦。他长寿，享年九十余岁，曾先后与后伍麦叶王朝的五位哈里发同代。

她说："我爱你！"[1]

她说："我爱你！"我说："撒谎！"
　　你这话只能让糊涂的人上当。

这话我可不会听进去：
　　没有人会把老头爱上。

你说这话就好似在说，
　　我们可把风打结一样；

又好像是说水会燃烧，
　　或是说熊熊烈火冰凉。

1　诗人在年迈时，有年轻的姑娘表示爱他，他便以此诗作答。

她称赞我染发……[1]

她称赞我染发，为我祝福，
　　好似那样就使我青春回顾。

在我看来白发染黑就似乎，
　　在太阳外表罩着一层云雾，

可遮掩一时，但青春难敌，
　　于是掩藏的一切终于暴露。

不要否认满头华发的光彩，
　　那是内心理智之花的外露。

1　诗人出使丹麦时，虽已年过五十，头发花白，但风采依旧，致使丹麦王后
　　为之倾倒，并劝他染发。当他染过发后，王后大加赞赏，诗人为此而作这
　　首诗。

伊本·哈尼
（九三八年至九七三年）

安达卢西亚诗人。生于塞维利亚。曾以诗才受到塞维利亚王的提携。但他所持的哲学观点被认为是离经叛道，为当地人所不容，遂避居于西北非。他通过大将焦海尔结识了法蒂玛王朝哈里发穆伊兹（九三一年至九七五年），受其赏识。他被认为是安达卢西亚的第一流诗人，是西部阿拉伯的穆太奈比。他有诗集传世，其中多为颂诗，亦有恋情诗、讽刺诗、悼亡诗和写景状物诗。

干渴的人焉能将水忘记？

请拭去我眼圈不眠的痕迹，
　　再从我床铺拔掉根根荆棘！

若不然就取走你们给我的——
　　我不喜爱被偷去心的身体。

你们就不能收容一个恋人，
　　或将桎梏从俘虏身上除去？

难道你们已将分离忘却了，
　　但干渴的人焉能将水忘记？

伊本·宰敦

（一〇〇三年至一〇七一年）

安达卢西亚诗人。生于科尔多瓦，出身名门。不到二十岁就以文才闻名，为科尔多瓦国王伊本·杰赫瓦尔赏识，任为重臣。后因爱上公主、女诗人婉拉黛，被情敌、大臣伊本·阿卜杜斯进谗陷害，而遭监禁。后为塞维利亚国王穆阿台迪德父子收留，任为宰相。他能诗善文。其诗感情强烈而细腻，情诗写的最美，语言流畅，富于音乐性。

思　念

原先我们亲近，
　　而今变得疏远，
痛苦的别离
　　代替了亲密的会见。

远离却割不断
　　我对你的思念，
胸中如火烧，
　　眼中泪不干。

心中有多少话
　　要对你倾谈，
若非坚强、忍耐，
　　愁思会使我一命归天。

原先同你在一起，
　　黑夜也似白天，
如今失去你，
　　白昼也变成漆黑一团。

往日我们相处，
　　生活多么美满！
我们坦诚相嬉，
　　似饮清澈的甘泉。

为那美好岁月祝福！
　　幸福充满我的心田。
你是我精神的馨香，

是我欢乐的根源。

远离往往会影响
　　　情人间的情感，
但你离我再远，
　　　也不会使我感情改变！

"这颗心非你莫属！"
　　　这是我一向的誓言。
我始终钟情于你，
　　　从未暮四朝三。

啊！阴云，闪电！
　　　快将甘霖降于她的宫殿！
当年她让我畅饮的
　　　正是情深谊长的甘泉。

啊！习习的晨风！
　　　请代我向她问安！
她若在远处问候我一声，
　　　我顷刻会死而复生一般。

只要我们还活着，
　　　求你遵守你的诺言。
君子相互守信，
　　　公平合理，不倚不偏。

请你勿忘我，
　　　如果难相见。
只要心中常有我，
　　　即使不见心也安。

知足的情人

你的一声问候，
　　　你的回眸一望，
都会令我销魂，
　　　让我终生难忘。

我不过是追求，
　　　追求心中的希望，
我不过是想要，
　　　想要对你偷偷张望。

我会保护你，
　　　不让人说短道长，
我会尊敬你，
　　　绝不做非分之想。

我会小心谨慎，
　　　警惕监视者的目光，
也许由于谨慎，
　　　爱情会更地久天长。

又译：

你青睐一瞥就会让我满足，
　　　你略微致意也会令我喜欢。

我不过是在寻求希望，

我只是想偷看你一眼。

我不能让狐疑的目光玷污你的清白，

我不能让人家胡猜乱想，把你小看。

我提防着监视者的视线，

爱情也许因谨慎而久远。

喂，安睡的人！

你知道我的病源，
  何妨对我可怜可怜？

我之所求，我之所爱的人啊！
  不管我的委屈，你可坦然？

为爱情，你在笑，我在哭，
  真主可以为我们做裁判。

睡眠离我远远地飞走了，
  留下心中惆怅，烦恼无限。

喂，安睡的人！对你的爱唤醒了我，
  如今，快快还给我以安眠！

又译：

你既知道我的病根，
  何妨对我予以怜悯？

我的追求，我的希望啊！
  我在痛苦，你却坦然安心。

为爱情，我在哭，你却笑，
  谁是谁非，真主最公允。

当辗转难眠时，我要说——
这话出自一颗神魂颠倒的心：

喂，安睡的人！对你的爱唤醒了我，
那么，请你现在还给我安眠！

假　如……

你是我的慰藉，
　　　岁月岂会凄凉？
白昼怎会黑暗？
　　　——你是我的太阳。

在对你的爱中
　　　我栽种下希望；
但从种下的果实中
　　　我收获的却是死亡。

我对你忠心耿耿，
　　　背信弃义却是你的报偿。
你廉价出卖了我的友谊，
　　　我得到的只是冤枉。

假如岁月服从我，
　　　命运由我执掌，
那我可以为你牺牲，
　　　让你免去一切灾殃。

婉拉黛

（生年不详，卒于一〇九一年，伊历四八四年）

是哈里发穆斯泰克菲的女儿。这位公主才貌双全，秀外慧中，艳丽迷人，是安达卢西亚最著名的女诗人。她将自己在科尔多瓦的住处搞成一个文学沙龙，全国的文人骚客慕名而来，谈诗论文，都以能参与其中为荣。她与诗人伊本·宰敦共坠爱河。但日久生变，她后来与另一个富有的追求者、大臣伊本·阿卜杜斯交往。

婉拉黛不仅擅长写情诗，而且也是写讽刺诗的高手。史书记载，她享有长寿，但终生未嫁。

我行我素[1]

凭真主起誓，我亦有雄心壮志，
　　我行我素，岂肯俯仰由人！

我可以让情人抚摸我的面颊，
　　亦可将亲吻赠予渴望它的人。

1　婉拉黛生性开放，不拘形迹。据说她曾分别在两肩上用金字写下这两个拜
　　特（联句）的诗。

相　思

难道我们就无法在这离别之后，
　　能让热恋的人诉说各自的感受。

夜复一夜过去，我却无法挣脱
　　相思的羁绊，分别何时是尽头？

请将我等候!

当黑暗降临，请将我等候!
　　我看黑夜最能将秘密保守。

同你在一起，我觉察不到，
　　放光的日月和满天的星斗。

你若能公正地对待我们的爱情······[1]

你若能公正地对待我们的爱情，

　　就不会爱我的女婢而不分青红。

你抛弃了甜美硕果累累的树枝，

　　而竟把不结果的枯枝败叶选中。

你明知我是高悬天空中的明月，

　　是我不幸，你却竟迷上了木星。

1　在一次晚会中，婉拉黛的一个黑女奴婢边弹琴边唱了一首歌，伊本·宰敦
极为赞赏。婉拉黛不禁醋意大发，对伊本·宰敦极为不满，写下这首诗。

穆阿台米德·本·阿巴德

（一〇四〇年至一〇九五年）

　　安达卢西亚诗人。一〇六八年袭父位，为塞维利亚王。他能诗善文，文武双全。钟爱女奴出身的伊阿蒂玛德，并娶为妻。曾求助于摩洛哥王伊本·塔什芬，击败卡斯蒂利亚王阿勒芳斯六世。但事后伊本·塔什芬却夺其领土，将其俘虏。晚年屈辱而死。其诗特点是感情真挚而强烈，语言流畅、明快，不矫揉造作。前期作品主要描述其宫中生活，晚期作品则多悲叹时运不济，抒发其悲愤忧郁的心境。

万语千言涌笔端

万语千言涌笔端，
　　离情别绪催心肝。

笔下墨水腮上泪，
　　行行难写尽思念。

若非求功名，我会将你探，
　　——如同露水访花瓣。

亲吻面纱下的芳唇，
　　拥抱锦带上的项链。

心灵啊！

心灵啊！别焦急，要耐心！
　　否则爱情会伤身。

情人冷漠我心热，
　　旁人责备欠公充。

满腹哀怨难合眼，
　　夜夜唯有泪淋淋。

我把伊阿蒂玛德嵌在我的诗里[1]

你怎会在我眼前消失，
　　却又出现在我的心里？

多少情思、眼泪和失眠，
　　表达出我的问候，我的致意。

我坚强的意志已经由你掌握，
　　我的喜爱完全听凭你的驾驭。

我想要每时每刻都见到你，
　　这愿望若能实现该多惬意！

望你永远信守不渝，
　　不要因远离而有所变异。

我把伊阿蒂玛德嵌在我的诗里，
　　用你的芳名写成一首藏头诗。

1　这是一首藏头诗，原诗每行头一个字母连起来，恰是诗人钟爱的女奴出身的伊阿蒂玛德的名字。

伊本·宰嘎格

（一〇九六年至一一二四年）

　　安达卢西亚诗人。生于巴伦西亚（现为西班牙东部港口）。原名艾布·哈桑·本·阿忒耶，但以伊本·宰嘎格（意为皮囊商之子）著称。据说是因其父是个穷苦的卖盛水用的皮囊小贩而得名。诗人师随舅父伊本·海法捷，苦学成才。其诗集于一九六四年在贝鲁特正式出版。诗风清奇、典雅，设喻新颖别致，发人遐想。尤工于情诗和景物诗。

饰带与手镯

她未戴腰间饰带，周身芳香，
　　我问她：那饰带在什么地方？

她指着手镯说：套在了手腕，
　　因为它在腰上总不住地晃荡。

怀　念

我站在那里，心中想念的
　　是那里的人，不是那地方。

我若怀念亲爱的人的住所，
　　我就会怀念我自己的心房。

哈芙莎

（生年不详，卒于一一九〇年）

安达卢西亚女诗人。生于格拉纳达，是才貌双全的名门闺秀。她才思敏捷，能够出口成章，曾任格拉纳达王室女眷的教师。她与诗人、大臣艾布·加法尔相爱，互相赠诗唱和。其诗多为情诗。诗句流畅、婉丽，虽喜借隐喻、双关，显得含蓄；但在爱情上却显得主动、大胆、率直，这在中世纪伊斯兰教的氛围中，实为难得。

是我看望你……

是我看望你，还是你来把我探询？
　　你所喜爱的事，我也总是倾心。

我的嘴是甘美、清澈的泉源，
　　我的额发是一片浓密的绿荫。

一旦梦中同你邂逅相遇，
　　我曾希望你会干渴，受烈日蒸熏。

哲米勒，快答应布赛娜吧！[1]
　　何必推三阻四，显得那么骄矜！

1　此典出自伍麦叶王朝著名贞情诗人哲米勒与其情人布赛娜的故事。

我对你是这样爱恋……

我对你是这样爱恋，
　　　竟至嫉妒监护者的双眼，
我甚至嫉妒你本人、
　　　你的时间和空间。

我若能把你放进眼窝，
　　　直至世界末日那一天，
仍会感到不够，
　　　觉得还未称心如愿。

有人来访……[1]

有人来访，颈如羚羊一般，
　　发如黑夜，欲将新月探看，

眼神具有巴比伦神秘魅力，
　　津液赛过葡萄美酒的香甜。

脸颊透露出玫瑰红晕，
　　芳唇显露出珠齿闪闪。

你看是允许她进来呢，
　　还是不愿意与她相见。

1　这是哈芙莎探访情人前，通报的诗笺。

你这最有意思的家伙！¹

啊，真是造化弄人，
　　你这最有意思的家伙！

你竟会迷恋上一个黑女人，
　　她像黑夜，把美的一切遮没。

在她的黑暗中显不出欢愉，
　　不！也不会让人看到羞涩。

你最知道人皆会迷于美色，
　　那么凭真主起誓，告诉我：

谁会不爱百花姹紫嫣红，
　　而会喜欢空园圃一座？

1　这是哈芙莎闻知情人与一个黑女奴有情后，写与他的诗。

你全然走入迷途[1]

说什么你最爱美，
　　在爱情方面你也领先，

收到了你的诗歌，
　　可对于大作，我并不喜欢。

你全然走入迷途，
　　虽居王位也是枉然。

凭真主起誓，何时
　　彩云化雨皆是自然，

花儿随时绽放
　　谁也无法阻拦。

你若知道我的情由，
　　该不会横加责难。

1　格拉纳达的埃米尔艾布·赛义德明知诗人与其情人相爱，却写诗企图插足，
故她以此诗作答。

你若非是一颗明星闪闪耀眼……[1]

你若非是一颗明星闪闪耀眼，
　　你消失后我就不会陷入黑暗。

满怀忧伤为那英俊亡灵祈福，
　　他带走幸福、欢愉一去不返。

1　诗人的情人最终被其情敌——埃米尔艾布·赛义德清除，诗人为之感伤而作。

阿卜杜拉·本·穆罕默德
（八四四年至九一二年）

　　安达卢西亚伍麦叶王朝第七任埃米尔（八八八年至九一二年在位）。生死皆于科尔多瓦。统治安达卢西亚达二十五年，其间暴动迭起，内乱频仍。其实际权势仅限于科尔多瓦及其周围一带。他为人俭朴，乐善好施，不尚奢华。喜爱文学，能背诵《古兰经》及古代诗文，且会作诗。但也有其凶残的一面，据说他是暗害其兄篡权的。

相思的心啊，你是多么痛苦！

相思的心啊，你是多么痛苦！
　　爱情的俘虏，你是多么驯服！

秋波流盼的使者啊，
　　传情达意，你是多么迅速！

伊本·阿卜迪·拉比

（八六〇年至九四〇年，伊历二四六年
至三二八年）

　　生于科尔多瓦，出身于平民家庭。诗人自幼聪颖
好学，能诗善文，通晓教法、历史、音乐、医学等各
门学问。他曾为他在世的后伍麦叶王朝的诸哈里发们
歌功颂德，受到他们的赏识。他是一位多产的诗人。
据传，他曾写有一部多达二十卷的诗集，内容包括情
诗、颂诗、悼亡诗、景物诗、劝世诗、咏史诗、格言
诗等，但大多已散失。其散文传世名著是《罕世璎
珞》。是一种百科全书式的类书，是阿拉伯古代珍贵
的文史资料，对后世的一些学者颇有影响。

别离时……

别离时，一次相拥，一声长叹，
　　随后她说："我们何时再相见？"

她在我面前，没有了衣衫遮掩，
　　就好似一轮朝阳升起在彩云间。

啊，妩媚的秋波闪闪好似利剑，
　　世上有多少情种倒在了你面前。

离别的日子是最令人不堪之日，
　　我真希望能死在离别那天之前。

灵与肉异地相隔……

灵与肉异地相隔，真令人难堪！

　　啊，难耐灵魂孤寂，身躯孑然！

我钟情的人！你一旦为我哭泣，

　　那双眼就是箭，射中我的心肝。

伊本·阿拉比

（——六五年至一二四〇年）

伊斯兰教苏菲派哲学家。生于穆尔西亚，早年就
学于塞维利亚，受传统的伊斯兰教育，师从多名苏菲
派大师，智慧超人。——九八年、一二〇一年两度赴
麦加朝觐，曾游历西亚、北非各地，最后定居于大马
士革。他博采众说，将思辨的苏菲主义发展为系统的
神秘主义理论体系，其主要著作《麦加的默示》和《智
慧的珍宝》为整个苏菲派的发展提供理论框架。他被
认为是泛神一元论的完成者。他死于大马士革。被后
人尊为大长老和宗教复兴者。

心灵出现了爱情的太阳

心灵出现了爱情的太阳，
　　人们心中才充满了阳光。

任你精明人无论说什么，
　　爱情却总令我最为向往。

对我主的爱别离我而去！
　　否则生活无聊难以想象。

没有人会对人倾心相谈，
　　除非是爱人在他的身旁。

乌姆·凯莱姆
（生卒年代不详）

是安达卢西亚中阿尔梅利亚小王国的公主，其具体生卒年代虽不见记载，但由其父穆阿台绥姆·本·苏马迪赫（一〇三八年至一〇九一年）的生卒年代不难约略算出。其父谙熟文学，是位诗人，他见到女儿聪敏好学，就很注意请教师对她加强培养，使她很早便能诗善文。乌姆·凯莱姆钟情宫中一位叫赛玛尔的青年，于是放下公主高傲、矜持的架子，对他大胆、率真而毫不隐晦地表达自己的爱情。她是一位感情细腻擅长抒情的情诗诗人。据说她以能写彩锦体诗著称，但未有其彩锦体诗传世。

爱情的魅力

人们！你们尽可以惊奇
　　爱情竟有如此大的魅力，

若非爱情，黑夜的月亮
　　不会从天际降临到平地。

我有自己钟情的人足矣，
　　他若离开，我的心会随他而去。

但愿有办法幽会[1]

啊，但愿有办法幽会，但愿！
　　让监视的人什么都听不见。

多奇怪呀！我渴望幽会的人，
　　竟栖居在我的胸中、心间！

1　据说，当诗人的父亲闻知女儿的这两个拜特（联句）的诗歌后不久，就让
　　她钟情的那个叫赛玛尔的青年失踪了。

哈姆黛·宾特·齐亚德
（生卒年代不详）

亦称哈姆杜娜·宾特·齐亚德，生长于格拉纳达附近一个名叫瓦迪－阿什的美丽的谷地中，家学渊源。父亲是一个颇有学问的教师，将自己的两个女儿都培养成当时颇负盛名的女诗人。哈姆黛生活于公元十一世纪，被人称作"西部的韩莎"或"安达卢西亚女诗人"。哈姆黛传世诗歌不多。据传，这位女诗人只是依照传统，精雕细刻，刻意追求情诗的意象，而在现实生活中，她是一个不苟言笑、温文尔雅、纤尘不染的女子。

反击来自你的双眸……

诽谤者一心要对我们离间，
　　纵然你我与他们没有仇怨。

他们对我们的声誉进行攻击，
　　面临此境我孤立无援。

反击来自你的双眸、我的泪水、我的心，
　　似利剑，似洪水，似火焰。

又译：

你我与进谗者并无仇怨，
　　他们却定要将我们拆散。

他们对我们造谣、污蔑，
　　却鲜有人站在我的一边。

唯有你双眼如剑刺向他们，
　　我的泪水如注，心似火焰。

泪水在河谷将我的隐秘揭穿[1]

泪水在河谷将我的隐秘揭穿，
　　在那里俊美将它的迹象展现。

于是它顺着河流向每座花园，
　　又从园中引起每条河谷抖颤。

羚羊群中有一只美丽的牡羊，
　　令人神魂颠倒让人为之眷恋。

她低头凝眸沉思只为一件事，
　　那事让我辗转反侧难以安眠。

一旦她的长发垂下披在肩上，
　　你就会看到明月在黑夜天边，

就好像是晨光因为兄弟死了，
　　穿上黑色的衣服以服丧悼念。

1　哈姆黛生活于瓦迪－阿什河畔，常同女友结伴脱去衣服游泳、嬉戏。这是
　　她在河水映照下顾影自怜吟咏的诗。

乌姆·韩娜
（生卒年代不详）

　　是十二世纪（伊历六世纪）科尔多瓦最著名的女诗人。她的父亲是科尔多瓦的宗教法官，也是当时著名的学者和诗人，极其热爱科尔多瓦。他发现自己的女儿自幼聪慧、机敏过人，便对其耳提面命，家教甚严，使她很早便登上诗坛，且有著作。

　　其诗体现了中世纪安达卢西亚姑娘开朗、大方、敢爱敢恨、我行我素的性格。

情人来了信

情人要看我，来了信，
　　我两眼不禁泪纷纷。

心花怒放乐开怀，
　　大喜过望泪难禁。

眼睛啊！你已流泪成习，
　　不管是伤悲还是欢欣。

相见之日要眉开眼笑，
　　离别之夜再泪流满襟。

近古中衰时期

（一二五八年至一七九八年）

马立克·本·穆拉哈勒
（一二〇七年至一二九九年）

　　生于北非的休达，殁于非斯。他曾长期默默无闻，以在家乡为人修契约文书为业。但凭其文才终占当时北非诗坛鳌头。他曾有诗集，但其中只有部分长诗传世。他曾企图仿效艾布·泰马姆，但两人诗风却不尽相同。其诗自然、流畅，却不乏雅丽。他将东部阿拔斯王朝诗歌的凝重与西部安达卢西亚诗歌的轻柔融为一体。他善写颂诗、情诗、哲理诗、劝世诗，也有诙谐、幽默的叙事诗。他受苏菲派影响，不少诗歌表达自己对宗教信仰的虔诚。但在情诗与叙事诗中，又显露诗人的风趣和对生活的热爱。

我对爱情的法官控诉

我对爱情的法官控诉：

　　情人对我冷淡、无理。

他们说：你说你在爱，

　　谁知你说的对还是不对？

我说：我有许多证人，

　　证明我的恋情，我的伤悲。

当我前来申诉时，

　　他们都会表明我说的有理：

我的失眠，我的思念，

　　我的忧郁，我的憔悴，

我的焦虑，我的情感，

　　我的病体，我的眼泪……

沙布·翟里夫

（一二六三年至一二八九年）

原名穆罕默德·本·苏莱曼，沙布·翟里夫原为其绰号，意为"风流才子"。他生于开罗，父亲是诗人。他长期生活在大马士革，担任司库职务。性格开朗、豪放，落拓不羁。善于作情诗。其诗通俗、平易、流畅、洒脱，有时还不免有土语词句，令人读起来感到亲切、风趣，便于记忆，为时人争相传诵。

不要掩饰

不要掩饰相思
　　　　带给你的苦痛，
吐露你之所爱吧！
　　　　我们全都情有所钟。

也许你可以
　　　　掩饰住爱情——
若非你泪流不断，
　　　　若非你心跳不停。

对人诉说你的爱情，
　　　　也许他会替你分担苦痛。
世上的情人
　　　　原都相怜同命！

千万不要着急，
　　　　你并非第一个钟情
而被粉腮、秋波
　　　　折磨得要命。

对情人的离弃
　　　　要忍耐、坚定！
也许会旧梦重续，
　　　　爱情常会反复不定。

一个恋人的传奇

情人要甘心情愿
　　听从命运的决断，
因此，年轻人！
　　千万不要抱怨。

我可以信守不渝，
　　把生命奉献，
纵然我的情人
　　会不守诺言。

站下来！听我把
　　一个恋人的传奇谈：
他被爱情害死，
　　却未能称心如愿。

一见钟情，人家不肯，
　　他却一味追求、苦恋，
还是无法得到青睐，
　　终于一命归天。

为何要揉碎这颗心？

啊！你在我的心中，使它痛苦难忍，

　　这颗心中除你之外，再也没有他人。

既然没有两者在我心中相遇，

　　那么你为何却要揉碎这颗心？

蒲绥里

（一二一二年至一二九六年）

阿拉伯马木鲁克王朝诗人。生于上埃及的代拉斯市，一说生于蒲绥尔镇。祖先是马格里布的柏柏尔人。家境贫寒，曾以撰写墓志铭为业，后做过税务官，并在开罗办过私塾。他善写颂诗与讽刺诗，曾在诗中抱怨当时官场腐败，悲叹自身清廉却贫困的遭遇。最著名的诗是歌颂先知的《斗篷颂》（汉译《天方诗经》）。其诗庄重、典雅，深受穆斯林崇敬。

你流下带血的泪珠串串

你眼中流下带血的泪珠串串，
　　是因为将祖·赛莱姆的邻人思念，

还是由于风从卡济麦吹来，
　　在伊岱姆谷地暗中亮起了闪电？

为什么你的两眼泪总拭不干？
　　为什么你的心总在迷惘、热恋？

责备我纯真痴情的人，请原谅！
　　你若是公平，就不会对我责难……

西拉志丁·瓦拉格

（一二一八年至一二九六年）

马木鲁克王朝诗人。生长于埃及，死于开罗。曾任埃及总督尤素福·赛福丁的文书。其诗想象丰富、有趣，刻意雕琢，尤喜用双关语。其名"西拉志丁"意为"宗教之灯"，"瓦拉格"意为"书商"（抄书、卖书人），诗人常爱用自己的名字作双关的短诗。其诗多诙谐。后人曾为他编选一诗集，称《灯亮集》。

不要对我将那倩影遮挡

不要对我将那倩影遮挡，
　　我奄奄一息，唯有这一希望。

不要听信我的呻吟、梦呓，
　　说活着见到那倩影只是梦想。

我泣血，泪流在两腮上，
　　同你红红的双颊颜色一样。

树枝摇曳，婀娜多姿，
　　它说那本是对你的效仿。

伊本·曼祖尔
（一二三二年至一三一一年）

　　生于埃及。曾在开罗公署任职，并曾任西的黎波里法官，死于开罗。他精通语言、文学、历史等。曾将阿拉伯大部头的《诗歌集成》《罕世璎珞》等缩编。并曾编纂过著名的百科全书式的大字典《阿拉伯语言》。其诗善用借代、隐喻、双关等修辞格式，雅丽多彩。

我没有牙刷唯有你!

如果你经过牙刷树谷地[1],

　　亲吻你芳唇的是那里的绿枝。

请送一些给你的奴隶吧!

　　凭真主起誓: 我没有牙刷唯有你[2]!

1　牙刷树: 阿拉伯和非洲人习惯噬其树枝，或用以剔牙，以代替牙刷。牙刷
　　树谷地在麦加附近以多牙刷树得名。
2　此处为双关语，原文"没有牙刷"与"唯有你"是同一个短语，可作两解。

基拉忒

（一三二六年至一三七九年）

马木鲁克王朝诗人。一三六四年到开罗讲授《圣训》学，与当时名诗人伊本·努巴台交往，向其学习作诗技巧，并与当时一些诗人互有唱和。曾为纳赛尔·哈桑苏丹歌功颂德。其诗新奇、细柔，但过于重视雕琢。有诗集传世，名为《光华初露》。

白发辩

白发是庄重，
　　　她却对我抱怨。
啊，乌玛迈！
　　　白发并非缺点！

你没有怕我的青春
　　　——它是夜晚，
那又何必害怕白发
　　　——它是白天！

艾布·艾哈迈德·沙伊尔
（生年不详，卒于一四〇〇年）

原名伊兹丁·艾布·艾哈迈德，但以"艾布·艾
哈迈德·沙伊尔"（意为诗人艾布·艾哈迈德）著称。
原籍伊拉克，居住于叙利亚的阿勒颇。他有七首既是
修辞诗又是颂圣诗，即内容是歌颂先知穆罕默德的，
但形式要每个"拜特"（联句）都是一种修辞格式。
著有《类比珠玑》。

我们拥抱，告别在傍晚……

我们拥抱，告别在傍晚，
    每人心中都怀着一块炭。

我哭，引得坐骑也流泪，
    同行的旅伴亦为之嗟叹。

他们流泪，似珍珠粒粒断线，
    我们泣血，如玛瑙点点成串。

别时，我们颈上留下他们的珍珠粒粒，
    而他们的颈上则留下我们的玛瑙点点。

译后记

二〇一七年是中国历史上具有划时代意义的一年，中国共产党第十九次全国代表大会胜利召开，中国特色社会主义进入新时代；二〇一八年是贯彻落实十九大精神的开局之年，也是中国改革开放四十周年。对于我们国家、我们的党，这是两个将永垂青史的年份。

对于我个人来说，这也是两个让我难忘、不同寻常的年份：

二〇一七年是我与老伴——刘光敏的金婚年头，为此，借助北京大学出版社出版了《天方探幽》一书，将零星发表的一些文章整理、选编成集，主要内容是探究阿拉伯文化，探析阿拉伯文学，探讨翻译问题。也是在这一年，有幸应邀参与了"'一带一路'沿线国家经典诗歌文库"项目工作，将一些有关国家诗歌的译稿选编出来供用。

今年——二〇一八年，借用当今青年人流行的词儿，我算是正式从"七〇后"跨入"八〇后"——整整八十岁了。夕阳难比朝阳，八十岁当然不同于十八岁：一九五六年，我十八岁的那一年考入北京大学东语系，开始学习阿拉伯语，一九六一年毕业留校任教；一九七八年，我国开始改革开放，那年我四十岁，出国留学，到埃及开罗大学文学院"镀金"；一九八七年，中国外国文学学会阿拉伯文研究会正式成立，我被选为主要负责人之一。从十八岁到八十岁，从学习到教授、研究、翻译，我一直与阿拉伯语言、文学、文化打交道。世所公认，阿拉伯语与汉语是世上最难掌握的语言；众所周知，阿拉伯民族同中华民族一样，都有悠久的历史，古老的文明，可谓源远流长。在中世纪，横跨亚非欧三大洲的阿拉伯大帝国与雄踞东亚的中国的文化像擎天的灯塔，在丝绸之路两端交相辉映，彪炳于世。古代的阿拉伯文学也同中国文学一样，群星璀璨，佳作如林，是世界文学史最光辉的篇章之一。近现代的阿拉伯文学则与世界文学同步，诸如纪伯伦、纳吉布·马哈福兹等文豪不仅是阿拉伯文坛的明星，也是世界文学的巨匠。涉足于大海，才会感到大海的深与广，接触并探讨过阿拉伯文学的人无不为这一宝库的丰富深厚、绚丽多彩而惊叹。但由于种种历史原因，在我国，长期以来，不仅因受"西方－欧洲中心论"的影响，对东方文学的译介、研究远不及对西方文学的译介、研究，而且，即使在东方文学中，对阿拉伯文学的译介、研究也远不及对日本、印度文学的译介、研究。因而，我从十八岁到八十岁，对此一直耿耿于怀，牢记在心。在职时，尽力做到尽职尽责；退休后，本来可以名正言顺、心安理得地"坐以待币（当然是人民币）"了，但又确实不安心，不甘心，这大概也算是不忘初心，以便无愧于心吧。这就是我参与"'一带一路'沿线国家经典诗歌文库"项目工作的心态。

今年也是北京大学建校一百二十周年。从十八岁到如今的八十岁，我既与阿拉伯语言、文学、文化结下了不解之缘，自然也与北京大学结下了不解之缘。因此，能将自己选译的《阿拉伯古代诗选》作为向校庆的献礼，我真由衷地感到高兴与荣幸。

我想强调的是，本书虽按照这套文库的体例称《阿拉伯古代诗选》，但实际上，依照扉页上称《天方花儿——阿拉伯古代情诗选》，似乎更名副其实。因为本书选译的只是阿拉伯古代有关爱情的诗歌即"情诗"这种题旨，其他如赞颂、悼亡、矜夸、哲理、描状、讽刺……题旨的诗都没选入。这固然是我个人对"情诗"有所偏爱，而且如前所述，去年（二〇一七年）是我与老伴的"金婚"，选译"情诗"，私下里还有点纪念的想法，但另一方面，我想这类诗也许更会受年轻的读者喜爱。因为我看到情歌在歌坛是这样，我相信情诗在诗坛也会是这样。读者若想全面了解一下阿拉伯古代诗坛的概貌，我想不妨读一下拙著《阿拉伯古代文学史》（上、下卷，昆仑出版社，二〇一五年），或拙译的另一部《阿拉伯古代诗选》（人民文学出版社，二〇〇一年），只是那本诗选，从交稿到出书，时隔有十年，因此，后来译的诗当然都没有选入。

译事难，译诗尤难。如果我说译阿拉伯古诗是难上加难，也许不能算是危言耸听，过甚其辞。诗究竟是可译还是不可译，似乎是译界历来有争议的问题，无疑，我认为大部分诗还是可译的，只是觉得不好译，译不好。我历来认为，翻译既要对得起作者，也要对得起读者；译出来的诗，既要基本忠实原意，又要让人读起来仍像一首诗。诗歌讲究三美——意美、音美、形美，传统的古体诗尤甚，中阿诗歌皆然。译出的诗歌既然想要让中国读者读起来也像诗，那就得也按这个标准去努力。我虽尽力按照自己的愿望去做了，但毕竟能力有限，眼高手低，志大才疏，谬误之处在所难免。望读者慧眼阅后，不吝指教。谢谢！

仲跻昆

二〇一八年二月二十五日于北京马甸寓

总　跋

经过两年多时间的筹备与组织，"'一带一路'沿线国家经典诗歌文库"终于将陆续付梓出版，此刻的心情复杂而忐忑，既有对即将拨云见日的满满期待，更有即将面见读者的惴惴不安。

该项目于二〇一五年下半年开始酝酿，其中亦有不少波折和犹疑。接触这个项目的所有人都无一例外地认为，这是应该做而且只有北大才能做的事情，也无一例外地深知它的难度。

"一带一路"跨度大、范围广，多语言、多民族、多宗教、多文明交融，具有鲜明的文化多样性特征。整个沿线共有六十余个国家，计有七十八种官方或通用语言，合并相同语言后仍有五十三种语言，分属九大语系。古丝绸之路尽管开始于政治军事，繁荣于商旅交通，但其更重要的意义在于促进了人类文明的交往。它连接了中国、印度、波斯和罗马等文明古国，跨越埃及文明、巴比伦文明、印度文明、中华文明的发祥地，是东西方文明交流互鉴的重要通道。

如何更好地展现"一带一路"沿线人民的文化特质和精神财富，诗歌无疑是最好的窗口。诗歌是文学王冠上的明珠，精敛文学之魂魄，而经典诗歌则凝聚着各个国家民族的文化精神和文化理想，深刻反映沿线国家独有的价值观和对世界的认识。长期以来，中国学界和出版界一直比较重视欧美发达国家诗歌的译介与研究，对发展中国家尤其是一些弱小国家的诗歌研究存在着严重忽略的现象。我们希望通过对"一带一路"沿线国家经典诗歌的研究，深刻地了解一个国家，理解它的人民，与之建立互信，促进国内学界对"一带一路"沿线国家文学、文化和文明的了解，弥补我国诗歌文化中的短板，并为中国诗歌走向世界提供思路和借鉴，从而带动与"一带一路"沿线国家的深层次交流，为中国的对外交往和"一带一路"倡议的实施提供人文支撑。

北京大学外国语学院组织国内外相关领域的专家学者，于二〇一六年一月，正式启动"'一带一路'沿线国家经典诗歌文库"项目。该项目以北京大学人文学科的优良传统和北大外语学科的深厚积淀为基础，以研究和阐释"一带一路"沿线国家厚重的历史、文化内涵为己任，充分发挥本学科在文学、文化研究领域的传统优势和引领作用，积极配合和支持国家的"一带一路"倡议，为中外优秀文化的研究、互鉴和传播做出本学科应有的贡献。

北京大学外国语学院牵头组织的"'一带一路'沿线国家经典诗歌文库"项目，旨在翻译、收集、整理和编辑"一带一路"沿线六十余个国家的诗歌经典作品，所选诗歌范围既包括经典的作家作品，也包括由作家整理的、具有广泛影响力的史诗、民间诗歌等；既包括用对象国官方语言创作的诗歌，也包括用各种民族语言创作、广泛传播的诗歌作品。每部诗集包括诗歌发展概况、诗歌译作、作者简介等三个部分。

在此基础上，形成由五十本编译诗集构成的"'一带一路'沿线国家经典诗歌文库"第一批成果，这将弥补中国外国文学界在外国诗歌翻译与研究方面的不足，特别是对部分"一带一路"沿线国家的经典诗歌开展填补空白式的翻译与原创性研究工作具有重大意义，同时对沿线诸多历史较短的新建国家的文学史书写将具有十分重要的价值。

该项目自启动以来，先后成立了编委会和秘书组，确定项目实施方案、编译专家遴选以及编选的诗歌经典目录，并被确定为北京大学一百二十周年校庆的重要出版项目之一，得到学校、校友及社会各界的大力支持，建立起以北京大学外国语学院为核心，汇集国内外相关领域知名专家学者、翻译家的翻译、编辑团队，形成了一个具有高度共识和研究能力的学术共同体。

在这个共同体中的每个人都是幸福的，与诗为伴，以理想会友，没有功利，只有情怀。没有人问过我们为什么要做，每个人只关心怎样可以做得更好。无论是一无所有之时还是期待拿到国家出版基金支持之日，我们的翻译团队从没有过犹豫和迟疑，仿佛有没有经费支持只是我一个人需要关心的事情，而他们是信任我的。面对他们，我没有退路，唯有比他们更加勇往直前。好在我一直是被上苍眷顾和佑护的人，只要不为一己之利，就总能无往不胜。序言中，赵振江教授说了很多感谢的话，都代表我的心声，在此不再重复。我想说的是，感谢你们所有人，让我此生此世遇见你们。如果可以，我还想在此感谢我的挚爱亲人，从没有机会把"谢谢"说出口，却是你们成就了今天的我。

希望通过我们台前幕后每一个人的努力，把"'一带一路'沿线国家经典诗歌文库"项目打造成沿线国家共同参与的地域性的文化精品工程，使"文库"成为让古老文明在当代世界文化中重新焕发光彩、发挥积极作用的纽带和桥梁。

人也许渺小，但诗与精神永恒。

宁　琦

写于二〇一八年"文库"付梓前夜，北京

图书在版编目（CIP）数据

阿拉伯古代诗选：天方花儿：阿拉伯古代情诗选 / 赵振江主编；仲跻昆编译 .—北京：作家出版社，2019.8（2019.9重印）

（"一带一路"沿线国家经典诗歌文库 . 第一辑）

ISBN 978-7-5212-0479-7

Ⅰ.①阿…　Ⅱ.①赵…②仲…　Ⅲ.①诗集－阿拉伯半岛地区－古代　Ⅳ.① I371.22

中国版本图书馆 CIP 数据核字（2019）第 067411 号

阿拉伯古代诗选：天方花儿——阿拉伯古代情诗选

主　　编：赵振江

副 主 编：蒋朗朗　宁　琦　张　陵

编 译 者：仲跻昆

选题策划：丹曾文化

责任编辑：懿　翎　徐　乐

装帧设计：曹全弘

出版发行：作家出版社有限公司

社　　址：北京农展馆南里 10 号　　邮　　编：100125

电话传真：86-10-65067186（发行中心及邮购部）

　　　　　86-10-65004079（总编室）

E-mail:zuojia @ zuojia.net.cn

http://www.zuojiachubanshe.com

印　　刷：北京通州皇家印刷厂

成品尺寸：160×240

字　　数：632 千

印　　张：28.25

版　　次：2019 年 8 月第 1 版

印　　次：2019 年 9 月第 2 次印刷

ISBN 978-7-5212-0479-7

定　　价：89.00 元